*Uma viagem interior em busca
de respostas que podem tornar
a vida mais plena*

PODE SER MELHOR

Luana Fonseca

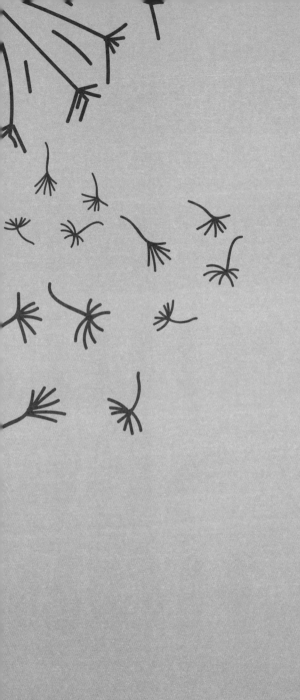

A todos aqueles que têm
coragem de empreender as viagens
mais profundas e transformadoras,
aquelas que nos levam para
dentro de nós.

A todos os que se atrevem a
sonhar e a realizar seus sonhos.

E especialmente ao meu marido
Marcelo, que me encoraja e me
suporta nas minhas viagens interiores,
que sonha comigo e realiza junto.
Meu professor de presença
e de apreciação do belo.
Que bom que é com você!

SUMÁRIO

Prefácio 8

Vamos? 11

Parte I - Um olhar amoroso para o passado 15

Parte II - Mergulhando no presente 27

Como ler essa sessão..31

Centramento...34

    1. Não há outro caminho 35

    2. Contemplando nosso interior 39

    3. Quanta beleza se esconde em nossas ruínas?!...... 43

    4. Outro tempo...47

    5. Viva o presente e deixe a vida te surpreender!.......51

    6. Qual o sonho da vez? 55

    7. Sobre trilhas e caminhos 59

    8. Quanto peso carregamos pela vida? 63

    9. O pôr do sol mais lindo de nossas vidas.................67

    10. Vida de mochileiro não é fácil 71

    11. A ignorância é uma bênção.............................75

    12. Por mais luz em nossas vidas!.........................79

    13. O que é preciso fazer hoje?............................. 83

    14. Em pleno movimento....................................87

    15. Seja mais você! 91

    16. Sigo aprendendo... 95

    17. Com olhos de ver beleza 99

    18. Por falar em encontro...................................103

    19. Por entre montanhas, os sonhos 107

20. Sobre tempos e ritmos 111

21. Aprendendo a fluir...115

22. Sobre as máquinas 119

23. Os aprendizados não param de chegar...............123

24. A ponte que nos conecta...................................... 127

25. O tempo do próprio tempo 131

26. Pit stop..135

27. Naturalmente...139

28. No balanço da vida..143

29. "Macacos me mordam"...147

30. A arte de anfitriar-se 151

31. Cair e levantar 155

32. E agora??? 159

33. Recalculando a rota...163

34. Crie seu lugar no mundo!.................................... 167

35. Sobre véus que me descobrem.............................171

Parte III - Traçando a rota para o futuro 175

Ponto A..177

Uma parada rápida..179

Ponto B..181

Seguindo viagem..183

Checagem final...185

Visualização e declaração 189

A tão necessária gratidão 193

Sobre a autora 199

PREFÁCIO

Precisei puxar pela memória para lembrar exatamente em que ano conheci Luana. Não lembrei. Acredito que foi há uns quatro anos, por meio de uma troca de e-mails. Eu era editora da revista Vida Simples e ela alguém que viajava pelo mundo. Recebia – e ainda recebo – muitas mensagens de gente querendo escrever em Vida Simples. E com o tempo – tenho quase dez anos de publicação – aprendi a enxergar, nos detalhes, as boas histórias. E as mensagens de Luana eram assim: cheias de boas histórias e de vida. Ela estava em algum ponto da Ásia e, eu, em São Paulo. Lidávamos com o fuso horário trocado, mas isso nunca foi problema para que me interessasse, de cara, pela sua proposta em fazer um texto. Sugeri que ela escrevesse sobre a decisão de viajar pelo mundo, deixar para trás aquilo que parecia tão certo e encarasse o incerto, algo que temos tanto receio. O material que recebi, algumas semanas depois, era muito bonito. Um texto repleto de uma experiência de vida e de aprendizados. Esse texto, aliás, o leitor encontra a seguir e serve como um ótimo ponto de partida para este livro.

"PODE SER MELHOR" não é uma obra qualquer. Ao longo das páginas, a narrativa nos tira do habitual papel passivo delegado ao leitor. Depois de textos nos quais Luana compartilha curiosidades e aprendizados dos lugares por onde passou, o leitor se depara com linhas vazias, que precisam, agora, ser preenchidas por cada um. Inquietação. Nelas, somos delicadamente convidados a refletir também sobre as nossas escolhas. Uma reflexão que pode incomodar, cutucar, tirar da anestesia. E ocupar, assim, o vazio não só das páginas, mas também aquele que talvez nos habite.

Um livro escrito com leveza e paixão por alguém que teve a coragem de questionar o caminho do conforto ou da segurança, que apesar de serem nossas justificativas para uma vida estável é também um perigoso convite à prisão. Luana soube ouvir, como ela mesma diz, a própria alma. Saiu da dormência, acordou, entrou no ritmo pulsante do seu coração. Não calou sua voz interna. O resultado disso é a busca do próprio sentido da vida. Coragem. Amor. Fé em si mesma e no universo. O que grita a sua alma? O quê? Luana não teve receio dessa pergunta. Talvez também não devêssemos ter.

Ana Holanda

Ana Holanda é uma apaixonada pela palavra, é escritora, jornalista e professora de escrita afetuosa.

VAMOS?

Desde pequena, sempre fui muito responsável. Era daquelas crianças que ninguém precisava mandar estudar porque eu mesma sabia o que deveria fazer, e fazia. Quando tirava nota baixa na escola, qualquer nota que não fosse 9 ou 10, já chegava em casa triste, às vezes até chorando, e não porque iria apanhar ou ficar de castigo, mas porque era muito rígida comigo mesma e queria sempre fazer o melhor.

Aí o tempo passa, a gente cresce, e, se não tomar cuidado, vai se desconectando daquilo que realmente importa: 'fazer o melhor'. Vamos seguindo o fluxo, sem tomar muita consciência sobre ele, nos adaptando à chamada "vida como ela é", e deixando de viver a vida que genuinamente desejamos para nós.

Comigo foi assim, e talvez você também faça parte da minha turma e se sinta dessa maneira. Fez tudo direitinho, como disseram que deveria fazer. Estudou, batalhou para conquistar um bom emprego, crescer na carreira, ter reconhecimento, pagar as contas e ter uma vida boa. Talvez você tenha até constituído família ou comprado um cachorro (quem sabe?). E até onde se vê, está tudo bem, mas há algo dentro de você que diz que, em algum aspecto, sua vida pode ser melhor.

Acontece que a maioria de nós não foi ensinada a se fazer perguntas, a escutar as emoções, o corpo, a intuição. Fomos ensinados a ser racionais e a obedecer. E assim, por vezes, acabamos seguindo caminhos desconectados da nossa alma, daquilo que verdadeiramente faz sentido para nós.

Eu vivia nessa cegueira. Tocava a vida sem me questionar profundamente. Fazia o que deveria fazer, de acordo com o que tinha aprendido até então. Até que um grande incômodo começou a crescer dentro de mim.

Quando esse incômodo se instalou definitivamente, ele me levou a perceber que algo em minha vida não estava mais funcionando. Afinal, a vida é dinâmica e as escolhas que fizemos lá atrás, muitas vezes até sem tanta consciência, podem parar de funcionar em algum momento, podem sim deixar de servir a nossa vida. E está tudo certo! O que não está certo é ficarmos acomodados no desconforto e não nos empenharmos para fazer dessa vida o que de melhor pudermos fazer, para nós mesmos.

E foi exatamente nessa hora que compreendi que precisaria me vestir de muita coragem, para fazer movimentos bem difíceis e dolorosos: romper com paradigmas, enfrentar julgamentos, me lançar ao desconhecido, recomeçar... e mergulhar profundamente dentro de mim, em busca das respostas para as perguntas que agora carregava comigo.

Qual é a vida que desejo para mim?
Como minha vida pode ser melhor?
Qual o meu propósito nesse mundo?
Quais são os meus verdadeiros talentos?
Como posso usá-los?
A serviço de que?
Que mundo eu quero ajudar a construir?

Nessa viagem interior, fui resgatando partes esquecidas de mim, me reconectando com minha essência, realizando sonhos que havia abandonado pelo caminho e vivendo, cada vez mais, a vida que escolhi para mim.

Acredito fortemente que essa jornada que chamamos de vida é uma grande oportunidade de crescimento para cada um de nós e, portanto, tudo o que vivemos, seja bom ou ruim, contribui de alguma forma para o nosso aprendizado. O que vamos tirar disso só depende da maneira como olhamos para nossas experiências.

Sendo assim, considero que viajar para dentro de si para se conhecer melhor, se investigar, e descobrir, honestamente, como desejamos que a nossa vida seja, é o primeiro passo, e o mais importante, para que possamos realmente empreendê-la.

Sei que para sairmos do piloto automático, muitas vezes precisamos de um empurrãozinho, e o tal incômodo que senti, cumpriu esse papel. Mas acredito também nos princípios da cooperação e da coexistência, que nos lembram que não fazemos nada sozinhos, e que todos nós, juntos, formamos uma "comum-unidade" universal.

Assim, creio que podemos aprender uns com os outros, transformando nossas dores em escola. Esse pode ser também o empurrão, o fator que vai nos inspirar e encorajar mutuamente, para que cada um, sendo exatamente como é, possa criar a realidade que deseja para si.

E uma vez mais plenos, mais felizes e mais realizados, podemos criar nesse mundo, algo maior e melhor para nós, enquanto humanidade.

Quero que esse livro possa despertar e nutrir em você o desejo de olhar atentamente para dentro de si, se (re)descobrir, e ter mais consciência do que é aquilo que você realmente quer para a sua vida, para que ela seja mais plena.

Acredito, absolutamente, que sua vida pode ser do jeito que você quiser, desde que tenha coragem e disposição de olhar para dentro, se fazer perguntas (por vezes incômodas), se reconectar com sua essência, com o caminho que sua alma escolheu para você, resgatar seus sonhos esquecidos e aquilo que lhe importa, para que, enfim, possa realizar tudo o que desejar.

Nas páginas desse livro compartilho uma pitada de muitas coisas que vivi e aprendi nessa jornada de reconexão com minha alma, que poderão te acompanhar na sua caminhada.

Através da partilha de experiências vividas, reflexões, provocações, exercícios e passos estruturados, você terá uma bússola para poder empreender uma viagem para dentro de si e resgatar os tesouros esquecidos por lá, que lhe ajudarão a viver uma vida ainda melhor.

Boa viagem!

PARTE I

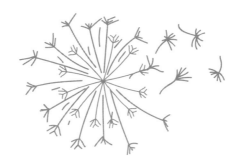

UM OLHAR AMOROSO PARA O PASSADO

Sempre gostei daqueles filmes que começam num certo tempo, voltam ao passado e trazem de lá elementos importantes para que a gente possa compreender melhor a história. Eles sempre me mantêm bem atenta para não perder o tal "fio da meada". E assim, me sentindo diretora de meu próprio filme, escolho usar esse recurso que tanto me encanta.

    Minha viagem mais empolgante, mais reveladora e mais desafiadora também, começou há quatro anos, quando eu ainda preferia, sem muita consciência, fazer "viagem de turismo" pela vida. Daquelas que você vai para um hotel maravilhoso e passa todos os seus dias naquele lugar, sem nem se dar ao trabalho, ou melhor, sem se dar o presente de ao menos dar uma espiadinha no que tem logo ali, depois da curva, além dos belos muros, naqueles lugares onde estão as pessoas locais, fazendo coisas normais, em que a vida está acontecendo diariamente.

    Então, num dia qualquer, um incômodo começou a me visitar. Não sabia muito bem do que se tratava, estava bastante ocupada para dar-lhe muito ouvido. Mas ele insistia em bater à minha porta. E eu, muito interessada em mandar essa visita inconveniente embora, fiz algumas mudanças rápidas para ver se ela perdia meu endereço, mas esses movimentos não deram tão certo e precisei escolher outro caminho, um caminho que me dava medo (é verdade!), mas que também me trazia muita esperança. Era o caminho do desconhecido.

Eu tinha 32 anos e estava no auge da minha carreira. Após 14 anos trabalhando no segmento farmacêutico, havia mudado de emprego para assumir um cargo desejado por muita gente. Depois de passar por um longo e árduo processo seletivo, conquistei a posição de gerente sênior de treinamento em uma empresa de biotecnologia (a queridinha do ramo, na época), em São Paulo. Ganhava um ótimo salário e tinha um pacote de benefícios atraente. Isso era, de fato, um grande marco na minha história. E, para mim, que havia iniciado nessa carreira como estagiária, para conseguir pagar a faculdade de Publicidade que fazia em Belém (PA), tudo isso era motivo de grande orgulho. Adoraria poder dizer que, então, estava tudo indo muito bem. Mas não estava. Eu não estava feliz.

Meu corpo já vinha me dando sinais de que alguma coisa não ia bem, havia algum tempo. Antes de mudar de empresa, trabalhei por dez anos em outra multinacional do mesmo setor e achava que o problema era este: tempo demais no mesmo lugar. Eu já havia passado por diferentes áreas e, no fim, sentia que me faltava autonomia, precisava de novos ares e mais espaço para minhas ideias. Mas eu estava enganada. Como dizem por aí, "o buraco era mais embaixo".

Infelizmente, não estamos acostumados a escutar nosso corpo e emoções, não fomos ensinados a incluir esses domínios em nossa aprendizagem, e assim seguimos "mancos", sem perceber as mensagens emitidas por nós mesmos. Felizmente, essa parte de mim é muito generosa e resolveu gritar mais alto, para que eu pudesse ouvi-la. Resultado: não conseguia dormir direito, acordava com palpitações e ânsia de vômito, me sentia extremamente ansiosa e angustiada. Chorava muito. Nesse ponto, eu já tinha consciência de que, talvez, o problema fosse a minha escolha profissional. Eu já fazia terapia, e a vontade de pedir demissão só crescia dentro de mim. O problema é que as pessoas que eu mais amava não me encorajavam, e isso tornava as coisas ainda mais difíceis para que eu tomasse a decisão.

Admitir para si mesmo que a essa altura do campeonato, quando supostamente você deveria seguir ascendendo e ganhando dinheiro, você quer, na verdade, "parar o trem e descer", é algo dolorido.

Nas conversas que tinha com as pessoas mais próximas, recebia conselhos como: "Tome um ansiolítico, vai te ajudar" ou "Tente ficar calma e ter paciência que logo vai entrar de férias e poderá pensar melhor". Embora meu corpo e minhas emoções me dissessem que não era apenas aquilo, eu não tinha força suficiente para fazer o movimento que desejava. O que também não ajudava e me trazia mais insegurança para tomar a decisão era o fato de eu ser recém-casada e meu marido ter acabado de se lançar em uma carreira autônoma, cheia de incertezas. Era muita coisa naquele "balaio".

Decidi que ia seguir pelo caminho "mais fácil", procurar um psiquiatra e tomar um remédio. Afinal, é assim que muita gente resolve esse tipo de situação, não é? Recorre ao tarja preta, se dopa e segue em frente. Continua ganhando dinheiro, pagando as contas e fica esperando os fins de semana ou as férias para curtir a vida. Ainda bem que, nesse momento, meu anjo da guarda estava de plantão, e meu marido compreendeu que se eu estava disposta a tomar essa medida (que sempre fui contra) era porque algo estava realmente muito errado, e então me ofereceu o suporte que eu precisava para pedir demissão. Ele conversou comigo, me deu apoio e me encorajou.

Escutar a si mesmo

Esse exercício de se escutar e ter coragem para romper com o seguro e conhecido é absolutamente desafiador e lhe joga para bem longe da sua zona de conforto. Em momentos delicados como esse, poder contar com sua rede de apoio é fundamental. Eu vivia uma crise de propósito de vida, embora naquele momento não soubesse que era isso que estava acontecendo. Logo que me demiti, não sabia exatamente por onde seguir; afinal, foram anos dedicados ao mesmo universo, imersa e moldada à cultura organizacional. Então, quando rompi com tudo aquilo, as infinitas possibilidades que estavam à minha frente não pareciam tão evidentes assim e a escolha de um novo caminho era ainda bastante nebulosa. O que tinha que fazer?

Primeiro, me permiti ser guiada por aquela voz sutil, que muitas vezes desprezamos, a intuição. E isso foi valioso. Através dela, me conectei e me tornei membro de uma rede de profissionais que difunde o EUpreendedorismo no mundo. Ou seja, você empreender seus projetos pessoais e profissionais a partir da sua essência. E lá aprendi que a melhor maneira de descobrir um propósito é fazendo, experimentando. É claro que para isso é necessário também estar conectado com aquilo que você sabe fazer muito bem, com o que gosta, que são seus verdadeiros talentos, e obviamente, com seus valores, que o guiam. Essa equação é muito poderosa: colocar seus talentos a serviço daquilo que quer ver frutificar no mundo. E, a mim, essa ideia encanta profundamente.

Porém, nessa jornada de olhar para dentro e me pesquisar, tinha muito trabalho a fazer. Isso porque, com a chegada da vida adulta e das responsabilidades, somadas à rotina exaustiva de trabalho, acabei me esquecendo de muita coisa que me constituía. Já não lembrava mais que outros dons eu tinha, além daqueles que usava diariamente no trabalho. Foi então que comecei a trilhar um caminho que sempre tive vontade, mas que não havia feito antes por falta de tempo e oportunidade. Voltei a estudar e fiz inúmeros cursos para me experimentar e me redescobrir.

Quando fiquei em contato mais íntimo e consciente com meus talentos e valores, entendi que não precisava querer encontrar um só caminho, porque poderia colocar o meu propósito em ação de diversas maneiras. Hoje, não me defino por uma única profissão. Dou aulas, promovo encontros e workshops, *faço trabalho voluntário, canto, escrevo e sigo aberta a outras possibilidades.*

Esse foi também um período de aprendizados profundos. Me relembrei do que todos nós sabemos (porque nossas células sabem) mas que acabamos esquecendo (na correria do dia a dia e na cultura competitiva em que estamos inseridos), que somos todos a mesma coisa e formamos juntos uma "comum-unidade" universal, como já havia dito. Sendo assim, o que podemos fazer de melhor nessa vida é servir, uns aos outros, com aquilo que cada um tem para oferecer.

Quando nos conformamos em viver infelizes, porque precisamos de dinheiro para pagar as contas ou porque não temos coragem para recomeçar, isso nos apequena. Não quero dizer com isso que as necessidades materiais não sejam importantes. Mas elas não podem ser as responsáveis por nossas escolhas.

Desejo que possamos seguir aprendendo, uns com os outros, e que tenhamos a coragem necessária para escutar o que a nossa alma está pedindo, porque, afinal, não podemos querer que as coisas mudem se não mudarmos antes a nós mesmos.

(REVISTA VIDA SIMPLES, AGOSTO DE 2018)

Depois desse episódio doloroso e fundamental em minha vida, o vento do desconhecido soprou novamente e me levou a mergulhar um pouco mais fundo.

Sempre tive o sonho de viajar pelo mundo. O porquê eu não sabia exatamente. O fato é que quis viver essa experiência, sentia esse chamado, mas nunca dava muito ouvido a isso e seguia tocando o barco.

Meu marido, Marcelo, não. Essa ideia nunca havia passado por sua cabeça. Afinal, como bom canceriano, ele tinha uma grande necessidade de ninho. Mesmo assim, arrisquei lhe fazer essa proposta meio "maluca".

Digo "maluca" porque já não éramos tão jovens (eu tinha 33 e ele, 35), ele já era pai de uma garotinha de 5 anos (de seu 1º. casamento), nós tínhamos uma cachorra (grande, diga-se de passagem) e uma casa alugada em que tínhamos acabado de dar uma bela repaginada.

Eu tinha pedido demissão há pouco mais de um ano (essa história você já conhece), e, nesse meio tempo, enquanto reajustava a rota e estava envolvida em mil coisas novas (cursando uma pós-graduação em Pedagogia da Cooperação e fazendo uma formação em Coaching Ontológico no Chile), vi um post nas redes sociais de uma empresa que estava recrutando pessoas para viajar pelo mundo.

Os selecionados teriam que produzir conteúdo sobre os países escolhidos pela empresa ("moleza!", pensei), e, para isso, receberiam o que eu considerava uma boa grana (em dólar), mais acomodação e alimentação. Ainda teriam direito de voltar aos seus países de origem por 15 dias, a cada 3 meses. Quando vi aquilo, pirei!!! Era a vida me convidando novamente a escutar o meu chamado de me lançar ao mundo.

Sinto que muitas vezes a vida passa e não escutamos nossos chamados, nossos desejos, nossos sonhos. Não paramos para sentir e pensar sobre o que queremos realizar, e simplesmente vamos levando.

Fazemos muitas coisas para os outros, mas acabamos negligenciando a pessoa que deveria ser a mais importante em nossas vidas: nós mesmos.

Não queria mais me enquadrar nessa cena triste. E aquela proposta me parecia perfeita. Além disso, Marcelo e eu tínhamos todos os pré-requisitos solicitados. Achei que aquela era a hora exata de realizar o meu sonho.

Só que eu não contava com a reação do meu marido. Quando contei essa ideia, ele me respondeu imediatamente com um tremendo NÃO.

Naquele momento ele estava apostando todas as fichas na consultoria que tinha com um sócio. Era a primeira vez depois de muitos anos como assalariado que estava empreendendo.

Tinha também sua filha, ainda pequena, a saúde de seu pai, que há muito tempo era debilitada, e eu, no meio das minhas formações, que custaram uma boa parte do nosso dinheiro. Para ele, aquela proposta não fazia o menor sentido naquele momento.

Fiquei arrasada, confesso! E também muito decepcionada com a reação dele, que nem sequer abriu espaço para discutirmos essa possibilidade. Ele simplesmente a matou "no ninho".

Mas, como dizem por aí, o tempo é o senhor de tudo! Seis meses depois, eu já estava praticamente finalizando minhas formações, quando Marcelo decidiu que buscaria um outro caminho profissional, fora da consultoria. E foi nesse momento que ele me veio com uma grande surpresa.

"Você ainda quer viajar?", ele perguntou.

"O quê? Como assim?"

Fiquei muito intrigada e irritada também. Como ele podia me fazer essa pergunta depois de ter praticamente matado esse sonho? Como podia falar disso naquele momento em que a empresa já tinha selecionado os candidatos?

Que raiva me deu! Nessa hora, foi a minha vez de dar uma "surtadinha". E depois entendi o porquê.

É que naquela ocasião estava cara a cara com meu sonho novamente, sentindo agora a possibilidade de realizá-lo. A decisão estava nas minhas mãos, se não decidisse por mim não teria mais ninguém para "culpar". E então me bateu um grande medo.

Acontece que, dessa vez, para que isso se concretizasse, a gente teria que usar o dinheiro que guardamos ao longo da vida. E, diferentemente da primeira possibilidade, em que teria um dinheiro entrando, nessa só teria dinheiro saindo. Foi bem tenso pra mim!

Somente depois de trabalhar muuuito essa questão, olhar para os meus medos bem de frente e entendê-los, foi que tive coragem de encará-los.

Acredito que, sempre que dizemos "sim" para nós mesmos, a vida também diz "sim" para nós.

Três meses depois (após difíceis conversas com a família, que não compreendia muito bem essa decisão, da venda de nosso carro e de nossa querida Harley-Davidson — ela era realmente especial para nós, Marcelo tinha feito sua entrada triunfal com ela em nosso casamento —, depois de encontrarmos amigas que ficariam em nossa casa, cuidando não somente do nosso lar, mas também da nossa cachorrinha Kira), partimos para a aventura que chamamos de "Alma Pelo Mundo".

A ideia inicial era conhecermos 17 países em 1 ano. Uma loucura! Mas quando começamos a viver essa jornada, nos descobrimos slow travelers. Percebemos que gostamos de explorar cada lugar, seu povo e sua cultura com mais calma, para que nossa alma possa nos acompanhar, e, sendo assim, mudamos os planos.

Pouco mais de um ano depois, maravilhas e perrengues de viagem, conhecemos nove países — Tailândia, Laos, Camboja, Vietnã, Japão, Cingapura, Indonésia, Índia e Nova Zelândia —, e escolhemos voltar para a Tailândia para encerrar esse ciclo no mesmo ponto onde começamos.

Estamos nos preparando para voltar pra casa e levando conosco uma bagagem bem maior do que aquela que trouxemos com a gente: cheia de novos aprendizados e histórias pra contar, que fazem da vida uma jornada ainda mais significativa.

(PROJETO DRAFT, ABRIL DE 2019)

PARTE II

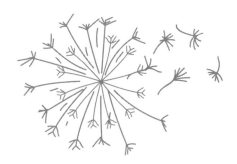

MERGULHANDO NO PRESENTE

Durante a viagem, minha reconexão com a escrita (um talento abandonado por muitos anos), que já vinha acontecendo desde o momento em que pedi demissão e passei a olhar mais para dentro de mim, me pesquisar e me conhecer melhor, se intensificou. E isso porque a cada dia meu olhar mudava um pouquinho.

Eu, que no passado me considerava uma pessoa pessimista, passei a ver a vida com novas lentes, com mais otimismo, com mais atenção aos detalhes do cotidiano, que muitas vezes passavam despercebidos, e passei a treinar o meu olhar para perceber o que acontece ao meu redor e que muitas vezes deixamos de contemplar e reconhecer, anestesiados pela vida robotizada.

Tudo isso que passei a ver com mais cuidado ao longo da viagem (por escolha!) acontece a todo momento ao nosso redor, e o mais importante não é fazermos uma viagem para passarmos a enxergar, mas tão simplesmente fazermos uma escolha diária de estarmos verdadeiramente presentes em nossas vidas e, de preferência, com nossos óculos de ver beleza. Porque sim (pode apostar!), a beleza está por toda parte!

E assim, experimentando minhas novas lentes e de mãos dadas com o *Desbravador do EU*" que me habita, empreendi uma linda viagem mundo afora, e bem profunda, para dentro de mim.

Ao longo dessa jornada foram surgindo sensações, perguntas e aprendizados que fui compartilhando no perfil que meu marido e eu criamos no Instagram, chamado "Alma Pelo Mundo". Agora, esses textos povoam também esse livro, trazendo diversas reflexões e provocações sobre a vida, que ofereço a você com muito carinho.

COMO LER ESSA SESSÃO

Esse livro foi criado para ser um companheiro — inspirador e provocador — na sua viagem interior. Seu propósito não é apenas ser lido, mas principalmente vivido, experienciado.

Então, antes de iniciar essa sessão, preste atenção nos passos a seguir:

1. Leia o texto inspiracional baseado em experiências reais
Antes de iniciar a leitura, você pode se conectar com alguma questão que esteja viva em você e abrir o livro em um texto, aleatoriamente, ou definir a frequência com que fará a leitura de cada texto (um por dia, por semana, por quinzena).

2. Seguir o roteiro de centramento
Na página seguinte você encontrará uma proposta de exercício para se conectar com o seu centro (seu ponto de equilíbrio). Esse centramento deve ser feito antes de iniciar a leitura do texto e as reflexões. Mas lembre-se: essa é apenas uma sugestão, caso você tenha outra forma preferida de entrar em contato com o seu eixo, pode utilizá-la também.

3. Refletir sobre as perguntas

Após fazer a leitura das perguntas, tome um tempo para ficar com elas. Não as responda imediatamente. Observe se elas geraram algum incômodo em você. Se sim, procure perceber qual. Que emoção sentiu ao ler as perguntas? Apenas observe o que lhe passa por uns instantes, sem julgar isso que observa.

4. Registrar as respostas e insigths

Agora, use a folha em branco ou as linhas para registrar suas respostas, ideias e *insights*. Perceba que o espaço é seu e você deve usá-lo da maneira que preferir. Você pode desenhar, fazer colagens, escrever e o que mais tiver vontade. Mas não deixe de registrar suas respostas, elas são fundamentais nesse processo de investigação íntima.

5. Responder a checagem final

Ao concluir a leitura de todos os textos da sessão "Mergulhando no presente", faça as reflexões propostas na checagem final e registre suas respostas adequadamente. Esse é o momento onde você fará uma avaliação de todo o caminho percorrido até então. Essa checagem é muito importante para lhe ajudar a ter ainda mais clareza do que é aquilo que você quer fazer na sua vida, para que ela seja ainda melhor.

6. Fazer o exercício de visualização e declaração

Concluídas as etapas anteriores é hora de fazer o exercício de visualização do seu futuro. Siga as orientações e registre sua visão e declaração para que elas possam lhe guiar e inspirar.

7. Agir

Agora aja! Consciência sem ação não traz mudanças e nem tampouco resultados.

CENTRAMENTO

Verifique o seu estado de presença antes de ler o texto e responder as perguntas.

Se possível, esteja em um lugar que lhe conecte com o seu interior.

Se quiser, faça uso de algo que lhe ajude a entrar em contato com o seu centro como, por exemplo, colocar uma música suave, acender uma vela, um incenso ou outro recurso da sua preferência.

Pare por uns instantes e traga sua atenção para si, se perceba.

Sente confortavelmente ou fique de pé, se preferir. Mantenha os pés bem plantados no chão e a coluna ereta.

Imagine que do topo da sua cabeça saem feixes de luz que lhe conectam com o céu e se reconheça exatamente nesse lugar, entre terra e céu.

Por alguns minutos, preste atenção no fluxo da sua respiração. Observe o ar entrando e saindo, perceba seu peito expandindo e voltando ao lugar, reconheça o ritmo das batidas do seu coração, observe como está seu corpo nesse momento e se precisa fazer algum ajuste. Se for necessário, faça.

Evoque a presença de seus mestres, guias, anjos ou qualquer outro nome que você dê para essa energia sutil e peça que lhe acompanhe nessa viagem interior.

Então, tome uma última respiração bem profunda e só aí inicie a leitura.

1.
NÃO HÁ OUTRO CAMINHO

Algumas pessoas não entendem por que meu marido e eu resolvemos fazer essa viagem. Não entendem por que escolhemos viajar para lugares que, para muitos olhos viciados em outro tipo de beleza, não parecem ser tão belos, nem tão charmosos, e, além disso, ainda estão imersos em pobreza e num certo abandono.

Algumas pessoas não entendem por que alguém decide tirar um ano sabático, abdicar do conforto do seu lar, e gastar seu precioso tempo e dinheiro para ver isso.

Em alguns momentos, eu também me reconheço como uma dessas pessoas, e faço essas perguntas para mim mesma.

Eis que minha alma me responde claramente, me dizendo que estou sendo convidada pela vida a tirar o véu da ilusão que inebria muitos de nós. E eu aceito o convite!

Assim, sigo aprendendo sobre o que de fato é o mundo, que vai muito além das histórias que ouvimos falar sobre ele.

Posso ver com meus próprios olhos, e sentir, com todo o meu ser, como vivem pessoas que tiveram seu território assolado por guerras, bombas, invasões e tantos outros tipos de violência contra a vida.

Não quero mais ser alheia ao que se passa com muitos de meus semelhantes! Não quero mais viver na minha bolha, somente usufruindo de minhas regalias!

Aqui reconheço fortemente os inúmeros privilégios que possuo na vida, e sinto um ardente desejo de transformar cada um deles em mais amor, compaixão, compreensão e solidariedade para com os demais e para com a vida, em todas as suas formas e manifestações. Aqui enxergo também os sorrisos, a alegria e a esperança que existem para além de todas as misérias.

Sinto profundamente que faço essa viagem para reconhecer, no mais íntimo do meu ser (naquele lugar sagrado dentro de nós, que não necessita do intelecto, onde se sabe porque se sente, sem precisar de explicações), que tudo isso que se passa no mundo me constitui, me forja.

E se tudo isso não fosse suficiente, minha alma ainda me revela que uma parte de minha missão é transformar a dor que sinto (nesse processo de desvelar a verdade) em aprendizado. E compartilhá-lo! Para que, oxalá, mais pessoas possam despertar também, assim como tem acontecido comigo.

Que possamos trabalhar juntos, cada um com seus dons e talentos, para construirmos o mundo que sonhamos para nós. Porque, afinal, como diria um Ancião Hopi: "somos as pessoas pelas quais estivemos esperando!".

Não há outro caminho.

(Em algum lugar da estrada - Laos, abril de 2018)

Para refletir*: Você está atento(a) ao que se passa com seus semelhantes? Você tem privilégios na vida? Se sim, quais e como escolhe usá-los?

*Esse espaço é seu! Foi criado para que você possa anotar, desenhar ou expressar suas reflexões, insights e inspirações, da maneira que tiver vontade. Desfrute!

2.
CONTEMPLANDO NOSSO INTERIOR

Dia desses, recebemos mais um dos presentes que a viagem tem nos proporcionado: conhecer gente boa e do bem!

Conhecemos um casal que mora em Milão. Ele, italiano. Ela, das Filipinas. Um mix interessante!

Numa de nossas paradas de contemplação, em frente ao Mar de Andaman (lindíssimo, por sinal), colocamos nossas cangas na areia, sentamos e papeamos sobre a vida.

Durante a conversa, Marcelo e eu contamos sobre todo o movimento que fizemos, as decisões que tivemos que tomar e o que enfrentamos para poder viver o sonho de fazer essa viagem.

E então, nosso novo amigo nos disse que considera a mudança um movimento muito importante na vida de todos nós (ele faz uma pausa reflexiva...), mas que ele mesmo não faz. Trabalha há muitos anos como operador de máquinas, define o trabalho como "duro", mas diz estar acomodado na famosa zona de conforto. E lembra que em breve terá que voltar para essa realidade (nesse momento faz uma cara de frustração).

E aí me veio a lembrança de minha própria história e das inúmeras reflexões que fiz durante minha formação em Coaching Ontológico, que permitiram que meu sonho ancorasse no solo do meu coração e se tornasse suficientemente vivo para virar realidade.

Senti, então, uma vontade imensa de compartilhar esse pequeno episódio como um convite à reflexão sobre seus próprios sonhos e os movimentos que você pode fazer para ser mais feliz.

Que tal uma parada para contemplar o seu interior?

(Krabi - Tailândia, março de 2018)

Para refletir*: O que você ousaria fazer se fosse mais corajoso(a)? O que faria se fosse mais jovem? Será mesmo que não pode realizar isso com a idade que tem hoje? O que faria se pudesse simplesmente sonhar? O quanto de ousadia você precisa para realizar esse sonho?

*Esse espaço é seu! Foi criado para que você possa anotar, desenhar ou expressar suas reflexões, insights e inspirações, da maneira que tiver vontade. Desfrute!

3.
QUANTA BELEZA SE ESCONDE EM NOSSAS RUÍNAS?!

Ayutthaya, na Tailândia, me fez pensar nisso. Na beleza de nossas próprias ruínas. Nossas ruínas interiores.

A dor, a perda, o "fracasso" têm sua beleza. É tudo uma questão de ângulo.

Olhar para a sombra pode nos trazer imagens surpreendentes. Imagens daquilo que podemos aprender. Imagens daquilo que podemos incluir, entre nós e dentro de nós.

Muitos gostam de olhar apenas para a luz. São encantados por apreciá-la. Mas me pergunto: que boas "fotos" acabamos perdendo, se focamos somente na luz?

Sabe aquele emprego que perdemos, aquele romance que se acabou, aquele ente tão amado que partiu?

Quanta beleza há por trás dessas experiências? Já parou pra pensar?

Quando olhamos para nossa sombra, nossas ruínas, com olhos

de ver beleza, quantas coisas novas podemos descobrir, apreciar e absorver?!

Não quero dizer com isso que aquilo que não gostamos em nós, ou em nossa vida, é necessariamente bom. Mas sim que há sempre algum presente reservado para nós, lá.

O convite que Ayutthaya me fez foi para olhar para toda a beleza que há em minhas próprias ruínas e conectá-las, sombra e luz.

E eu convido você a oferecer um olhar apreciativo para suas ruínas também.

Tenho certeza que você pode se surpreender com o que vai encontrar por lá.

(Ayutthaya - Tailândia, março de 2018)

Para refletir*: Quais são as suas ruínas, suas sombras? O que tem de belo lá que até então você não via? Como pode integrar suas sombras à sua luz?

*Esse espaço é seu! Foi criado para que você possa anotar, desenhar ou expressar suas reflexões, insights e inspirações, da maneira que tiver vontade. Desfrute!

4.
OUTRO TEMPO

Sukhothai, uma pequena cidade ao norte de Bangkok, me trouxe lições práticas sobre a pausa e a paciência.

A começar que chegamos em um lado da cidade, conhecida por Nova Sukhothai, e as atrações por aqui ficam na Velha Sukhothai. Então, aí já começou o aprendizado!

Tomar um tempo para voltar.

Tomar um tempo para esperar, enquanto o motorista enrola seu cigarro de palha e outras pessoas juntam-se a nós nessa "aventura".

Tomar um tempo para olhar.

E olhar outra vez.

Tomar um tempo...

Aqui, o tempo parece ter seu próprio compasso. E, independente do que façamos, ele segue seu ritmo.

Assim, temos tempo de sobra! Coisa rara hoje em dia para a grande maioria de nós, que está sempre ocupada com mil coisas por fazer. E, sendo assim, alguns nem sabem o que fazer com isso, não é mesmo?!

Decidimos então respeitar o Senhor Tempo e... parar. Sentar. E, por que não, agradecer?!

Fizemos uma prece silenciosa para agradecer o momento e todas as oportunidades que estamos tendo nessa experiência.

Como canta Caetano: "*tempo, tempo, tempo, tempo... és um dos deuses mais lindos*".

E viva o novo tempo!

(Sukhothai - Tailândia, março de 2018)

Para refletir*: Como você lida com o tempo? E como gostaria de lidar? Você tem feito pausas na vida? Qual o seu julgamento sobre a pausa?

*Esse espaço é seu! Foi criado para que você possa anotar, desenhar ou expressar suas reflexões, insights e inspirações, da maneira que tiver vontade. Desfrute!

5.
VIVA O PRESENTE E DEIXE A VIDA TE SURPREENDER!

Uma reflexão não recente mas que me pegou de surpresa nesse lugar. Aqui, onde o Budismo é a principal referência religiosa (como em todo o restante da Tailândia), não se pensa no passado, porque pode trazer sofrimento, e nem no futuro. Apenas se vive o presente.

E foi assim, vivendo o presente e deixando a vida fluir, que recebemos maravilhosos presentes em Chiang Mai.

Nosso primeiro encontro inesperado se deu com um francês mega simpático que nos indicou uma *guest house* super gostosinha, que nos ofereceu mais conforto e acolhimento logo na chegada. Que maravilha! Estávamos mesmo precisando disso.

O segundo presente veio em uma conversa com um jovem monge no templo Chedi Luang, que me rendeu algumas boas reflexões sobre a vida...

E então, de repente, no meio da rua, fomos parados por um professor primário que nos deu dicas sobre o que fazer na região, e ganhamos assim umas horinhas no charmoso parque da cidade e um descanso do calor absurdo que nos assolava por lá. Um verdadeiro oásis!

Num outro dia qualquer, uma rápida parada para uma foto na entrada da cidade antiga, e eis que uma oferta amorosa e generosa chega até nós. Abraços grátis??? Lógico! Por que não? E assim conhecemos Luciano, um italiano que mora há quase seis anos em Chiang Mai e que passa seus dias abraçando as pessoas. Um calorzinho para o coração, não?!

E a comida? Ainda era possível sermos surpreendidos nesse quesito? Felizmente a resposta é Sim!!!

Fomos convidados pelo nosso novo amigo francês para jantar num restaurante local mega despretensioso, e que presente! Uma explosão de sabores preencheu nosso paladar mais uma vez. Resumo da ópera: voltamos lá mais duas vezes no dia seguinte. Como eu amo a Tailândia!!!

E assim, "Viva o presente e deixe a vida te surpreender!" passou a ser o nosso novo mantra.

(Chiang Mai - Tailândia, março de 2018)

Para refletir*: Como você tem vivido o presente? Você dá espaço para que a vida lhe surpreenda ou tenta controlá-la insistentemente? Se fosse escolher um mantra para esse momento da sua vida, qual seria?

*Esse espaço é seu! Foi criado para que você possa anotar, desenhar ou expressar suas reflexões, insights e inspirações, da maneira que tiver vontade. Desfrute!

6.
QUAL O SONHO DA VEZ?

Às vezes me sinto como uma fábrica de sonhos. Enquanto um acaba de sair do forno, já tem outro na fila, esperando a sua vez.

Mas se dou uma parada e olho bem atentamente lá no fundo, o que vejo é o centro, o núcleo, a alma de todos os sonhos, que é o desejo de me encontrar comigo mesma, com minha essência.

Quero relembrar o que vim fazer nessa vida, qual a minha missão, qual a parte que me cabe e que ninguém mais pode fazer por mim. Não porque eu seja melhor do que alguém, longe disso! Mas porque, simplesmente, a cada um de nós é confiada uma parte do todo, e é de nossa inteira responsabilidade ter consciência e cumprir com aquilo que foi reservado para nós.

Então agora, nessa linda viagem mundo afora, está acontecendo um grande resgate do que trago aqui dentro. E assim que as respostas chegarem a mim, porque tenho certeza de que chegarão (de alguma maneira), quero estar preparada para realizar a minha missão.

Que os anjos e todos os seres de luz me acompanhem!

E que assim seja!

(Muang Ngoi - Laos, abril de 2018)

Para refletir*: Você acredita que a cada um de nós é dada uma missão? Se sim, qual é a sua? Qual a parte que lhe cabe do todo? Você está conectado(a) com sua essência? Se não, o que pode fazer para se conectar?

*Esse espaço é seu! Foi criado para que você possa anotar, desenhar ou expressar suas reflexões, insights e inspirações, da maneira que tiver vontade. Desfrute!

7.
SOBRE TRILHAS E CAMINHOS

Em Muang Ngoi, no Laos, fizemos uma trilha para ver o vilarejo do alto da montanha. E a melhor coisa da trilha foi: estar nela.

Estar em meio à natureza, reconhecendo-me parte dela, ouvindo seus sons, observando sua tranquilidade — esse foi o grande lance pra mim!

Confesso que não sou uma grande amante dos esportes, nem tampouco praticante, mas aprendi com a trilha que quando fazemos o caminho de uma maneira consciente, prestando atenção em nossos passos, na respiração, escutando nosso corpo e respeitando nossos limites, a jornada é muito mais prazerosa e gentil conosco.

Numa das pausas, para tomar água e ter um tempo de descanso a pedido de meu corpo, refleti sobre como tem sido minha caminhada pela vida. E me alegrei ao constatar que já me escuto e respeito meus limites, muito mais do que fazia antes. Também reconheci um espaço de aprendizagem de não me deixar distrair com facilidade e, consequentemente, perder a consciência do que estou fazendo e do porquê estou fazendo o que estou fazendo.

Viver em plena atenção é o que elejo como tarefa!

Ao final de quatro horas na trilha, subindo e descendo montanha, me senti viva, inteira e feliz com minha escolha de fazer movimentos cada vez mais conscientes.

E é assim que quero seguir caminhando pela vida!

(Muang Ngoi - Laos, abril de 2018)

Para refletir*: Como você tem caminhado pelas trilhas da sua vida? Gostaria de fazer alguma mudança para desfrutar melhor da caminhada? Se sim, qual ou quais? Você tem percebido e respeitado seus limites?

*Esse espaço é seu! Foi criado para que você possa anotar, desenhar ou expressar suas reflexões, insights e inspirações, da maneira que tiver vontade. Desfrute!

8.
QUANTO PESO CARREGAMOS PELA VIDA?

O mochilão e, especialmente, o *loop* de Thakhek, me fizeram refletir sobre quanto peso carregamos pela vida.

Primeiro, abri mão de meu querido guarda-roupa branco, com três portas e espelho no meio, que, como o próprio nome sugere, era o guardião de muitas coisas que considerava preciosas. Minhas roupas e meus sapatos (com salto, sem salto e das mais variadas cores, para combinar com meu estado de ânimo), meus amados lenços, minha bolsa favorita e tantas outras coisas que durante muito tempo de minha vida ocuparam minha mente, meus desejos e consumiram grande parte do meu dinheiro.

Tudo isso estava lá! E do dia pra noite, se resumiu a uma mochila azul de 11kg (que já é muito, considerando minha real necessidade e meus poucos mais de 50kg) que, muito mais do que peças de meu desejo, contém itens necessários e que cuidam de mim ao longo da viagem.

Assim, com meu novo guarda-roupa portátil, percebi que muitas das coisas que possuía até então eram supérfluas e desnecessárias — muito embora eu já me considerasse praticamente "curada" do meu ser consumista. Doce ilusão!

Como se não bastasse, a viagem ainda me ofereceu uma nova oportunidade de aprender um pouco mais sobre a leveza e a suficiência.

Foi quando decidimos fazer um passeio de três dias e duas noites pelos cenários estonteantes do Laos... de scooter!

Opa! Peraí! Mas como vou levar meu peso extra de 11kg nesse passeio? Impossível!!!

Tive então que desapegar, mais uma vez, e reduzir meus 11kg (ainda exagerados!) a uma única mochila de 20L, para dois. Pois, afinal, meu marido também tem seus quilinhos para carregar.

Muito bem! Mochila pronta, seguimos viagem.

Ao longo do percurso, percebi que essa leveza tão agradável que senti, literalmente, nas costas, foi um grande presente para mim, que quero levar de volta pra casa e que ofereço a você como um convite.

Meu convite é que esvazie não somente os armários e as mochilas, mas que revise todo o peso que anda carregando pela vida.

Esvazie o coração de tudo aquilo que não traz felicidade.

Esvazie a boca das palavras que magoam e maldizem.

Esvazie a mente das inquietações que angustiam.

Se esvazie de tudo aquilo que não é necessário para seguir na caminhada pela vida.

E enquanto estiver fazendo essa faxina, eu convido você a refletir sobre o que de fato é suficiente — que não é muito e nem pouco, mas simplesmente suficiente.

Então, carregue consigo somente o que for suficiente, e aposto que você curtirá muito mais a viagem!

E lembre-se: "Necessário, somente o necessário. O extraordinário é demais!"

(Thakhek - Laos, abril de 2018)

Para refletir* O que você anda acumulando pela vida que não lhe serve mais? Que pesos quer tirar da sua mochila?

*Esse espaço é seu! Foi criado para que você possa anotar, desenhar ou expressar suas reflexões, insights e inspirações, da maneira que tiver vontade. Desfrute!

9.
O PÔR DO SOL MAIS LINDO DE NOSSAS VIDAS

Fiquei pensando sobre como nossas decisões e escolhas podem nos levar a receber, ou perder, os presentes que a vida reserva para nós.

Poderíamos ter ficado mais um dia em Koh Rong, a ilha onde estivemos por quatro noites no Camboja.

Poderíamos ter voltado para o quarto na hora da chuva.

Poderíamos ter imaginado que já era tarde e, sendo assim, deixado de procurar um local, depois da curva, onde poderíamos contemplar o pôr do sol.

Enfim, poderíamos ter feito outras escolhas.

Mas... escolhemos partir de Koh Rong para Koh Rong Samloem

(uma ilha vizinha), pegar um pouquinho de chuva e esperá-la passar, caminhar até o final da praia, virar à esquerda, e procurar um local apropriado para desfrutar dessa maravilha da natureza.

Sinto que, de um lado, a vida já tem um plano definido e, do outro, temos a possibilidade de fazer nossas próprias escolhas.

É como uma equação!

E quando somos flexíveis e permitimos que a vida nos surpreenda, ela não falha.

Os presentes estão sempre aí, espalhados no dia a dia. Nós é que às vezes não enxergamos, porque nem sempre são tão evidentes como esse pôr do sol.

Então, precisamos aprender a desenvolver nosso olhar, nossa escuta, nossos sentidos, nosso ser, para reconhecer os pequenos e singelos presentinhos diários, e assim abrir espaço dentro de nós para que o grande e indiscutível presente chegue.

Que nossas escolhas possam ser regadas com flexibilidade, abertura (para permitir que o divino se manifeste em nossas vidas) e uma boa dose de olhar apreciativo!

Lindo pôr do sol para todos nós!

(Koh Rong Samloem - Camboja, maio de 2018)

Para refletir*: Você acredita que recebe presentes diários na vida? Se sim, liste alguns deles. Há pequenos presentes que está deixando de contemplar? Quais?

*Esse espaço é seu! Foi criado para que você possa anotar, desenhar ou expressar suas reflexões, insights e inspirações, da maneira que tiver vontade. Desfrute!

10.
VIDA DE MOCHILEIRO NÃO É FÁCIL

Viajar pelo mundo e conhecer muitos lugares, lindos e exóticos, pode estar na lista de desejos de muita gente. Mas digo de carteirinha que fazer um mochilão não é tão fácil quanto eu imaginava.

Primeiro, temos que abrir mão de tudo aquilo que nos é familiar. Deixar nossa casa, nossa família, nossos amigos, coisas e costumes.

E isso é só uma parte do desafio.

O tempo inteiro você é desafiado, tem que tomar decisões, e é um teste para seus limites, sua tolerância e flexibilidade.

Então, mesmo não sendo fácil, é MARAVILHOSO!

É uma oportunidade para aprender, não apenas sobre o mundo e sobre outras culturas, mas também (e principalmente!) é uma chance riquíssima de aprender sobre você mesmo. É uma linda oportunidade para se autoconhecer.

E o que pode ser mais precioso nessa vida, do que conhecer a si mesmo?

Na vida de mochileiro você está o tempo inteiro "em relação".

Em relação com você mesmo, com seus medos, seus pensamentos e reflexões. Em relação com a natureza, com outros povos, outras línguas, outras comidas, outros cheiros e sabores, com outros viajantes...

E o tempo inteiro você troca. Mesmo se não quiser trocar.

Porque na vida é assim. Você sempre deixa algo e leva algo, mesmo que não haja palavras.

A troca se dá até mesmo nos níveis mais sutis. Está naquilo que você sente, estando no lugar, escutando as pessoas, observando-as.

E essa troca funciona como um espelho que reflete aquilo que somos, de fato.

Então, se você estiver disposto a empreender uma linda viagem, que explora lugares escondidos e, às vezes, muito pouco visitados em seu próprio ser, te convido a preparar a mochila e partir.

E eu te desejo uma linda aventura!

(Koh Rong - Camboja, maio de 2018)

Para refletir*: O que é aquilo que ainda não sabe sobre você e que quer descobrir? Como têm sido suas trocas? Há algo que deseja desafiar em você? O que é?

*Esse espaço é seu! Foi criado para que você possa anotar, desenhar ou expressar suas reflexões, insights e inspirações, da maneira que tiver vontade. Desfrute!

11.
A IGNORÂNCIA É UMA BÊNÇÃO

"A ignorância é uma bênção" – imagino que você já ouviu isso antes, não é?!

Hoje pensei sobre esse ditado.

Em Koh Rong Samloem, uma ilha no sul do Camboja, há uma praia lindíssima, e quase que deserta, conhecida por *Clear Water*. Para chegar até lá é preciso fazer uma trilha de cerca de trinta minutos por dentro da mata.

Da primeira vez que fizemos o caminho, estávamos tranquilos, pois desconhecíamos os perigos que havia por lá.

Nesse mesmo dia, à noite, conversávamos com um morador local, que nos contou que há poucos dias uma cobra (que ele chamou de rainha) foi encontrada na ilha. Ela media cerca de dois metros de comprimento, pesava oito quilos, e eles tiveram que matá-la. Nos disse também que essas cobras andam em pares e que conseguem sentir o cheiro do sangue derramado há quilômetros de distância.

É claro que, depois dessa conversa, nossa volta à *Clear Water*, no dia seguinte, foi beeem diferente.

A consciência nos demanda mais esforço, mais trabalho, e deve ser por esse motivo que muita gente prefere permanecer na ignorância.

Na segunda vez, fizemos a trilha muito mais despertos e atentos ao caminho, aos sons e movimentos da mata e cuidando melhor de nossos passos.

Chegamos em paz ao nosso destino e pudemos desfrutar de mais um dia delicioso nesse paraíso.

Desejo que todos nós tenhamos coragem para escolher trilhar o caminho da consciência.

Mesmo que precisemos estar preparados para driblar as "cobras" que possam aparecer pelo caminho.

(Koh Rong Samloem - Camboja, maio de 2018)

Para refletir*: Há algo que você anda vivendo na ignorância e que escolhe viver com mais consciência? O que é?

*Esse espaço é seu! Foi criado para que você possa anotar, desenhar ou expressar suas reflexões, insights e inspirações, da maneira que tiver vontade. Desfrute!

12.
POR MAIS LUZ EM NOSSAS VIDAS!

Depois de contemplar o sol se pondo tantas vezes, e testemunhar o céu mudando de cor, iluminando a chegada da noite com sua aquarela, me peguei pensando sobre quantas pessoas já não veem o pôr do sol há tanto tempo...

Talvez porque a cortina do escritório esteja fechada ou talvez porque ainda estejam numa reunião muito importante a essa hora.

Pode ser que estejam parados no trânsito e, para não perder tempo, estão no celular resolvendo pendências ou seja lá o que for.

E pode ser, simplesmente, que já tenham se desconectado tanto da natureza que acabaram esquecendo que, diariamente, ela nos presenteia com um espetáculo divino que pode nos emocionar, nutrir e energizar, desde que estejamos presentes e abertos para recebê-lo.

Daqui rogo para que a luz do sol possa entrar e iluminar todos os cantos do nosso ser, trazendo a consciência capaz de nos conduzir a uma vida mais plena e feliz!

Por mais luz em nossas vidas!

(Da Lat - Vietnã, junho de 2018)

Para refletir*: Você está atento(a) aos presentes que a natureza lhe oferece diariamente? Gostaria de fazer alguma mudança para desfrutar melhor dela? Qual?

*Esse espaço é seu! Foi criado para que você possa anotar, desenhar ou expressar suas reflexões, insights e inspirações, da maneira que tiver vontade. Desfrute!

13.
O QUE É PRECISO FAZER HOJE?

Que portas temos que abrir e atravessar em nossas vidas para seguir um caminho mais iluminado? Que passos cada um de nós ainda precisa dar?

Será que hoje você precisa atravessar a porta do PERDÃO? Será que os passos que ainda faltam vão em direção a você, no exercício do autoperdão, ou será que vão ao encontro do outro, num movimento de reconciliação?

Será que é a porta do MEDO que você precisa abrir para olhar bem de frente o que tem lá dentro? Será que precisa de passos cheios de CORAGEM para agir, apesar do medo?

Ou será que é a porta da RAIVA, que você tem mantido trancada por tanto tempo, que tem te impedido de colocar alguns limites na vida?

Pode ser ainda que sejam as portas da ALEGRIA, da TERNURA, do DESFRUTE e da GRATIDÃO que aguardam ansiosamente para serem escancaradas.

Convido você a dar nome a cada uma das portas que deseja atravessar, para que as reconheça claramente. E se a luz for muito forte e no primeiro momento parecer que vão cegar os seus olhos, lhe ofereço a companhia necessária para seguir em frente e caminhar.

Que porta você escolhe abrir hoje?

(Hue - Vietnã, junho de 2018)

Para refletir*: Que "portas" você gostaria de abrir em sua vida? Por quê? E que passos escolhe dar hoje nessa direção?

*Esse espaço é seu! Foi criado para que você possa anotar, desenhar ou expressar suas reflexões, insights e inspirações, da maneira que tiver vontade. Desfrute!

14.
EM PLENO MOVIMENTO

Outro dia Marcelo me falava (com a empolgação que lhe é peculiar) que nossa vida está fervilhando. Porque, segundo dizem, vida é movimento. E, ultimamente, movimento é o que não falta por aqui.

Em alguns momentos, é fato que nos deixamos levar para o futuro e, de repente, bate um medão. Conhece aquele medo de não saber o que nos espera lá na frente? Pois é!

Porém, esse mesmo não saber, que às vezes causa medo, traz também uma baita energia de renovação, pois nos mostra que todas as possibilidades estão disponíveis, como se tivéssemos acabado de chegar a esse mundo, só que com a bagagem bem mais equipada. O que nos dá uma baita vantagem na largada, não é não?!

Então me peguei pensando sobre o equilíbrio no movimento, que é esse pulso de dentro pra fora e de fora pra dentro. É como respirar!

Quando inspiramos, estamos recebendo tudo o que a vida nos oferece tão generosamente. E a expiração é o que oferecemos de volta, como serviço. Quando essa equação está equilibrada, encontramos a verdadeira paz.

Sendo assim, damos as boas-vindas a todos os novos pulsos que hão de impulsionar nossa caminhada!

Para o alto e além, além, além!

(Phong Nha - Vietnã, junho de 2018)

Para refletir*: Quais são os novos pulsos que você quer para a sua vida? Há algo que possa fazer para contribuir com isso? Se sim, o quê? Como anda o equilíbrio entre o que recebe da vida e o que oferece de volta? Precisa fazer algum ajuste? Qual?

*Esse espaço é seu! Foi criado para que você possa anotar, desenhar ou expressar suas reflexões, insights e inspirações, da maneiraque tiver vontade. Desfrute!

15.
SEJA MAIS VOCÊ!

Sabe quando você faz algo igual a todo mundo, mas parece que exige de você muito mais esforço que o normal?

Sabe quando parece estar encaixado no lugar errado?

Quando seu ser tem vontade de se manifestar de outra maneira, mas você não o faz por medo de ser diferente e se desconectar? Ou ser julgado, talvez?

Já sentiu isso antes?

Essas perguntas me surgiram quando estávamos em Tam Coc, no Vietnã, fazendo um passeio de canoa belíssimo, por entre rios que margeiam montanhas e plantações de arroz. Lá, vimos uma das cenas mais inusitadas da viagem: mulheres e homens remando com os pés.

E então, motivada por eles, te pergunto:

Que tal criar sua própria forma, fazer do seu próprio jeito, do jeito que te parece mais natural?

E quem sabe essa moda pega e serve de inspiração para os demais.

Crie seu próprio estilo e seja mais você!

O mundo está precisando!

(Tam Coc - Vietnã, junho de 2018)

Para refletir*: Há algo que você tem vontade de fazer do seu próprio jeito, mas ainda não faz? O que lhe falta para mudar isso? Tem algum medo que limita sua expressão mais autêntica? Qual? O que precisa para enfrentá-lo?

*Esse espaço é seu! Foi criado para que você possa anotar, desenhar ou expressar suas reflexões, insights e inspirações, da maneira que tiver vontade. Desfrute!

16.
SIGO APRENDENDO...

Num dia eu estava bem, e de repente, no dia seguinte, algo explodiu no meu rosto.

Opa, peraí! Tem algo no meu braço também.

E na perna. Meu Deus!!!

Tudo começou com uma ferida aberta e infeccionada no tornozelo. Aparentemente curada. Mas parece que eu estava enganada.

Quando a infecção começou a se manifestar, não tive escapatória, chorei.

E procurei entender por que chorava. Sentia medo, é verdade. Dor também. Mas reconheci em mim, para além de tudo isso, lágrimas do ego e da vaidade.

Fiquei pensando então quais eram as lições que essa experiência estava me trazendo.

E minha conclusão foi:

1 – isso é algo que todos nós sabemos, mas poucos praticam de fato, e muitas vezes eu me incluo nesse grupo, por isso julgo que vale a pena a lembrança: Viva o presente!

Como dizia, num dia estava bem e no outro, sem aviso algum, estava tomada por erupções pelo corpo. VIVA O PRESENTE! A gente nunca sabe o que vem a seguir.

2 – tenho em mim um desejo profundo de evoluir, de ser melhor, e isso passa, inevitavelmente, por me desprender dos desejos, desapegar. Difícil, não?!

Fui então subitamente tomada pela consciência de que isso era uma lição prática, uma oportunidade de me desprender (mais um pouquinho) do tal ego e da vaidade.

É! Enquanto sigo me curando no campo físico, a vida me dá a chance de ir cuidando de outras dimensões do meu ser que também precisam sarar.

Sigo aprendendo...

(Hoi An - Vietnã, junho de 2018)

Para refletir*: Quais são as suas feridas, suas dores? Precisa curar algo em você? O que é? O que você precisa fazer para realizar essa cura?

*Esse espaço é seu! Foi criado para que você possa anotar, desenhar ou expressar suas reflexões, insights e inspirações, da maneira que tiver vontade. Desfrute!

17.
COM OLHOS DE VER BELEZA

E lá fomos nós para mais um *loop*... só que dessa vez no Vietnã. *Ha Giang Extreme North Loop*, certamente uma das coisas mais maravilhosas que já fizemos na vida! Mas além de incrivelmente lindo, o passeio nos deu a oportunidade de aprendermos, visceralmente, a desfrutar o caminho.

Quando se está consciente de que o grande barato não é a chegada, e sim a jornada, somos capazes de apreciar a beleza que existe até mesmo nos dias mais cinzentos.

Sim! Durante os três dias de viagem tivemos vários momentos cinzentos. Pegamos chuva (muita chuva!), a moto quebrou, o sol apareceu novamente, teve neblina, nuvens passageiras que dançavam no ar pra lá e pra cá, e ainda assim tudo era lindo. Muito lindo!!!

Essa experiência também nos deu a chance de aprender um pouco mais sobre o cuidado com o coletivo. Pois, com a chegada da chuva forte, houve alguns deslizamentos de terra e a estrada ficou bem perigosa, e para termos um pouco mais de segurança nosso pequeno grupo se juntou a um grupo maior. No final, éramos um comboio de nove *scooters* (com brasileiros, alemães, israelenses e vietnamitas), desbravando os belos caminhos do norte do Vietnã.

Nesse percurso, olhamos uns pelos outros e precisamos encontrar um ritmo que nos permitisse acompanhar e sermos acompanhados. Fizemos pausas para esperar, para contemplar e, dentro de mim, fiz pausas para agradecer.

Assim no *loop*, assim na vida. Cada momento tem sua beleza.

A diferença está "nos olhos" com os quais contemplamos a vida.

(Ha Giang - Vietnã, junho de 2018)

Para refletir*: Como você tem observado a vida? Com que olhar? Tem sido capaz de reconhecer o belo? O que há de belo na sua vida hoje?

*Esse espaço é seu! Foi criado para que você possa anotar, desenhar ou expressar suas reflexões, insights e inspirações, da maneira que tiver vontade. Desfrute!

18.
POR FALAR EM ENCONTRO

Pelos caminhos do Vietnã, cruzamos com Anh, uma jovem muito exótica e peculiar. Quase tão estrangeira quanto eu, só que em sua própria terra. Quando a vi pela primeira vez, pensei que fosse gringa, mas estava errada.

Anh gosta de seu cabelo enrolado e volumoso, diferente da grande maioria das vietnamitas, que têm cabelos naturalmente lisos.

Suas roupas são um tanto quanto *sexy* (como ela mesmo define) para os parâmetros locais, enquanto suas conterrâneas se cobrem o máximo que podem e andam pelas ruas disfarçadas de ninja (como Anh brinca), para evitar que o sol lhes queime a pele, porque por aqui pele clara é sinônimo de beleza. Já Anh faz questão de tomar sol para bronzear o corpo.

Ainda na contramão do desejo da maioria das mulheres e das famílias vietnamitas, ela não quer casar tão cedo e não suporta a ideia de ter filhos.

Ao conhecê-la, fiquei pensando sobre a coragem necessária para sermos autênticos com nossa essência e para sustentarmos o que de fato somos, apesar das forças contrárias (em que incluo a força da deriva cultural) que insistem em nos manter "na linha", seguindo o padrão estabelecido.

Essa tarefa não é fácil e requer autoconhecimento, respeito por si mesmo e aceitação de quem se é.

É claro que refletir sobre isso me levou ao encontro de tantas outras pessoas que, ainda hoje, sofrem preconceito e que muitas vezes não são aceitas por sua opção sexual, sua inclinação política, religiosa ou seja lá o que for. E sinto que o caminho da tão sonhada felicidade passa por honrar quem se é e manifestar nossa verdade da maneira mais amorosa que formos capazes.

Agradeço a Anh por enfeitar o mundo com sua singularidade.

E viva o poder de ser quem se é!

(Hanói - Vietnã, junho de 2018)

Para refletir*: Você tem sido fiel a si mesmo(a)? Há algum padrão ao qual você não se adeque? Você tem se moldado a ele? Se sim, por quê? Isso faz você feliz?

*Esse espaço é seu! Foi criado para que você possa anotar, desenhar ou expressar suas reflexões, insights e inspirações, da maneira que tiver vontade. Desfrute!

19.
POR ENTRE MONTANHAS, OS SONHOS

Num vilarejo bem afastado, no extremo norte do Vietnã, conhecemos Chô, um vietnamita da etnia Flower Hmong, 30 anos, casado, dois filhos, cozinheiro de mão cheia e dono de uma *homestay* super-aconchegante no meio do verde.

Lá, Chô nos guiou num *trekking* pelo vilarejo, passando por plantações de milho, campos de arroz, subindo e descendo montanha, cruzando terraços... e, no meio de nossa caminhada, muita conversa.

Ele nos contou um pouco mais sobre a história do Vietnã, o tempo que leva para plantar e colher o arroz, sobre a história de sua família, sobre as minorias étnicas que vivem nas montanhas etc. etc.

Até que, motivada por uma inquietação que me acompanha sobre o sonhar, perguntei a Chô quais eram seus sonhos, e para minha alegria ele disse que tinha muitos!

Então, pedi a ele que me contasse sobre o maior deles, qual era o seu maior sonho. E eis que ele respondeu sem rodeios: "Ter um namorado!". Uau!!!

Aquele sonho e a honestidade daquela resposta me tocaram profundamente. E tudo o que consegui sentir naquele momento foi a mais absoluta compaixão.

Chô nos contou que em sua vila isso jamais seria permitido. Sua mãe nunca o compreendeu e até já recorreu a um xamã para "ajudá-lo". Sua primeira esposa o deixou quando soube disso e sua esposa atual, do alto de seus 26 anos, não se importa. Afinal, o que ela tinha que fazer, segundo a cultura local, já havia feito — já estava casada.

A história de Chô ainda me acompanha... e as perguntas brotam.

Por que, ainda hoje, temos nossa felicidade e liberdade cerceadas por padrões, determinações culturais e incompreensão do diverso, daquilo que não se encaixa no senso comum?

Quanto de coragem ainda nos falta para enfrentar tudo aquilo que nos impede de realizar nossos sonhos mais profundos?

E qual será então a missão de cada "Chô" espalhado pelo mundo?

Desejo, profundamente, que cada um de nós possa manifestar sua verdade com dignidade e sabedoria, e que se atreva a viver em plenitude, para que assim ajude a libertar todos os demais, que de alguma maneira ainda sofrem e vivem em prisões invisíveis.

Liberte-se!

(Lao Cai - Vietnã, junho de 2018)

Para refletir*: Você acredita que tem um papel em tudo isso? Qual? Como você lida com aquilo que é diferente de você, com o diverso? Você colabora para que as pessoas tenham liberdade ou é um agente do cerceamento delas?

*Esse espaço é seu! Foi criado para que você possa anotar, desenhar ou expressar suas reflexões, insights e inspirações, da maneira que tiver vontade. Desfrute!

20.
SOBRE TEMPOS E RITMOS

Chegamos à capital japonesa e nos sentimos impressionados. Muito impressionados! E bagunçados também.

A cidade grande nos convida a experimentar um outro ritmo.

E então a nostalgia me toma e sinto saudade do cheiro de mato e do barulho da água correndo no riacho.

Mas não quero cair nessa armadilha da mente, que me leva para longe do presente.

Quero ficar aqui e encontrar o nosso próprio ritmo, escolher os passos que queremos dar nessa nova dança. E dançar.

Dançar na chuva (porque agora chove), dançar no meio da multidão, dançar por entre luzes e sons. Mas no nosso próprio compasso.

Que cada um de nós possa ser o coreógrafo da sua própria vida, criando o seu movimento particular, dentro dos ritmos e tempos que nos rodeiam.

Esse é o precioso exercício de encontrar o balanço gostoso do indivíduo no coletivo e do coletivo no indivíduo.

Nem sempre é dois pra lá e dois pra cá!

(Tóquio - Japão, julho de 2018)

Para refletir*: Qual é o ritmo de vida que lhe respeita, que você quer para si? Você está sendo fiel a ele ou está vivendo em um outro ritmo? Você escuta quando seu corpo lhe pede para mudar o ritmo? E quando escuta, você o respeita ou ignora?

*Esse espaço é seu! Foi criado para que você possa anotar, desenhar ou expressar suas reflexões, insights e inspirações, da maneira que tiver vontade. Desfrute!

21.
APRENDENDO A FLUIR

Soltar, seguir o fluxo, deixar fluir... tão necessário para o exercício de ousar sonhar e tão complexo ao mesmo tempo.

Qual o bom caminho para a flexibilidade?

Aquele que não é tão frouxo, que passa a ser irresponsável e inconsequente, mas que também não usa um disfarce para ocultar o desejo ardente de controlar.

Como saber qual a justa medida para se libertar?

Libertar a alma do medo que paralisa, da corda invisível que nos prende a padrões já conhecidos.

Como romper com aquilo que nos limita, que nos impede de ir além e de ser mais?

Uma boa dose de respiração e centramento ajuda bastante, e a prática corporal recorrente também pode ser uma grande aliada, mas poucos de nós têm consciência disso.

Então, quando se sentir preso e apequenado no seu próprio ser, é hora de agir!

Escolha uma música que lhe dê muito prazer, e dance!

Sim! Isso mesmo. Dance!!!

Dance como se não tivesse ninguém vendo. Dance como se a festa fosse só pra você.

Comece balançando os braços no alto, lentamente, e escute quais movimentos o seu corpo lhe pede para fazer. Então, faça!

Siga seu ritmo interior e vá soltando tudo aquilo que está endurecido, paralisado, enferrujado.

Busque movimentos diferentes daqueles que faz costumeiramente. Se liberte!

Se abasteça da energia da flexibilidade que pode ser injetada ou despertada através da corporalidade.

E, depois disso, se permita somente sentir.

Registre o que sente agora mesmo.

Perceba como está seu corpo.

Que emoções estão vivas?

Apenas reconheça, sem julgamento.

Que pensamentos povoam sua mente nesse instante?

Simplesmente observe, mas não se prenda a eles.

Tome uma respiração profunda e apenas registre o que lhe passa.

E quando você se sentir preso novamente, paralisado, limitado... recorra a essa experiência.

Desse fluxo há de vir uma nova força motriz que lhe conduzirá por um caminho de mais flexibilidade e criatividade, em que muitas outras possibilidades podem surgir.

Permita-se experimentar!

(Tóquio - Japão, julho de 2018)

Para refletir*: Como você avalia sua capacidade de ser flexível na vida? Quando a flexibilidade lhe serve e quando não serve? Você aprendeu algo sobre si mesmo(a) com o exercício proposto na página anterior?

*Esse espaço é seu! Foi criado para que você possa anotar, desenhar ou expressar suas reflexões, insights e inspirações, da maneira que tiver vontade. Desfrute!

22.
SOBRE AS MÁQUINAS

No Japão, as máquinas estão por toda a parte.

E é claro que reconheço sua utilidade, rapidez e eficiência, mas confesso que quando as vejo, presentes em cada esquina, sinto um certo medo.

Não temo que elas substituam o homem, porque a alma humana é impossível de ser copiada. Mas tenho receio de que elas nos afastem. Que nos afastem do toque, do olho no olho, do sorriso, do tempo natural, do papo corriqueiro...

E que com elas venha o reforço da exigência de sermos, nós também, mais úteis, rápidos e eficientes.

Enquanto reflito sobre isso, sinto que temos diante de nós uma linda oportunidade de aprendermos sobre o equilíbrio entre os tempos modernos e o essencial. E, para isso, precisamos estar bem despertos e conscientes.

Que possamos usufruir dos benefícios promovidos pela inteligência humana, sem esquecer nem por um instante daquilo que nos humaniza: o Ser COM o outro, a CONEXÃO.

(Tóquio - Japão, julho de 2018)

Para refletir*: Sua interação com as máquinas, com a tecnologia, tem lhe afastado da conexão com o humano? Há algo que você queira fazer para melhorar esse equilíbrio? O quê?

*Esse espaço é seu! Foi criado para que você possa anotar, desenhar ou expressar suas reflexões, insights e inspirações, da maneira que tiver vontade. Desfrute!

23.
OS APRENDIZADOS NÃO PARAM DE CHEGAR

Em Kameoka (na província de Quioto, no Japão), tivemos o pri vilégio e a honra de participar de uma cerimônia tradicional do chá, no *spiritual center* da Oomoto — uma religião japonesa. Durante toda a cerimônia, os princípios da harmonia, respeito, tranquilidade e purificação estiveram presentes, princípios que são verdadeiramente cultivados na vida cotidiana dos japoneses.

De acordo com a tradição, dentro da casa de chá não há distinções, todos são iguais, e é um momento para que as pessoas se compreendam, sem muitas palavras, apenas observando e escutando o outro, guardando o maior silêncio possível.

E então recebemos lindas lições.

Cada movimento da anfitriã (mestra do chá) era feito com muito cuidado e atenção, como se estivesse meditando "no movimento". O que nos trouxe um exemplo prático de *mindfulness* — atenção plena, estar presente e entregue ao momento.

Do outro lado, os convidados manifestavam um olhar apreciativo para tudo o que lhes era oferecido: o arranjo de flores que enfeitava o lugar, a xícara em que era servido o chá, a pintura colocada na parede e tudo mais.

Além disso, a todo o momento davam graças. Num ato singelo de reverência, se curvavam e agradeciam o que estavam recebendo.

A cerimônia do chá nos tocou profundamente, e sem dúvida foi um grande aprendizado que desejamos levar para a vida.

Que essa experiência possa inspirar a todos nós a cultivar no dia a dia a presença cuidadosa que comove, o olhar generoso e apreciativo para todas as pequenas coisas e a gratidão sincera por tudo o que recebemos da vida, tão generosamente!

(Kameoka - Japão, julho de 2018)

Para refletir*: Como você pode trazer a atenção plena para o seu dia a dia? O quanto você tem apreciado as pequenas coisas? Tem sentido e manifestado gratidão? Se não, quer fazer algo para nutrir isso em sua vida? O quê?

*Esse espaço é seu! Foi criado para que você possa anotar, desenhar ou expressar suas reflexões, insights e inspirações, da maneira que tiver vontade. Desfrute!

24.
A PONTE QUE NOS CONECTA

Há quem acredite que os seres humanos são muito diferentes.

E há também quem goste de reforçar tudo aquilo que nos separa.

Para mim, somos muito mais semelhantes do que podemos imaginar.

Quanto mais nos aproximamos, mais somos capazes de ultrapassar a névoa, que por vezes limita nossa visão.

E assim fica mais fácil enxergar a ponte que nos conecta.

Ela sempre está lá!

É só uma questão de olhar mais de perto.

Como disse Dalai Lama:

"Eu não tenho inimigos. Há apenas pessoas que eu ainda não conheço".

(Yogyakarta - Indonésia, agosto de 2018)

Para refletir*: E você, o que vê? Mais semelhanças ou diferenças? Está interessado(a) em construir e reforçar as pontes que lhe conectam com o outro? Há pontes que quer reconstruir? Com quem? Que passos escolhe dar em direção a isso?

*Esse espaço é seu! Foi criado para que você possa anotar, desenhar ou expressar suas reflexões, insights e inspirações, da maneira que tiver vontade. Desfrute!

25.
O TEMPO DO PRÓPRIO TEMPO

Enquanto esperávamos o tempo melhorar, para que pudéssemos enxergar o vulcão Merapi (na ilha de Java, Indonésia), o movimento das nuvens me trouxe a lembrança de uma parte de minha história.

Logo depois que pedi demissão e iniciei uma longa jornada para dentro de mim, por muitas e muitas vezes senti uma grande angústia, por não conseguir enxergar o que ia acontecer lá na frente (como se isso fosse possível), qual seria o próximo passo, o que estava reservado para mim.

Naquele momento, tudo parecia estar encoberto por nuvens, e o que eu queria era que o vento soprasse o mais rápido possível e tirasse dali aquela névoa que atrapalhava minha visão. Como se, num acordo com São Pedro, eu pudesse reger o tempo.

O que não sabia, naquela ocasião, era que o danado do tempo se divide em dois. Um, é o tempo *Chronos*, aquele tempo do relógio, que podemos contar (quanto tempo tem um dia, quantos anos uma pessoa tem e assim por diante). Já o outro é o *Kairós*, o tempo da natureza, aquele que não podemos controlar. E era exatamente aí que morava o meu aprendizado. Ou melhor, que ainda mora, porque reconhecer e respeitar o tempo *Kairós* continua sendo um grande exercício para mim.

Pois bem, voltando ao Merapi... depois de esperar, esperar e esperar, conseguimos ver o que julgávamos ser uma pequena parte do vulcão, mas naquele dia parecia mesmo que o bonitão não queria dar as caras. E assim, meio desanimados, seguimos viagem.

Para nossa mais absoluta surpresa, quando chegamos a outro destino (Templo Borobudur), bem longe dali, enquanto contemplávamos, agradecidos e relaxados, a paisagem estonteante que nos rodeava, quem resolve aparecer? Ele!!! O belíssimo Monte Merapi, trazendo para nós (e especialmente para mim) mais uma lição prática que reforça o que já dizia Steve Jobs: "os pontos se conectam lá na frente"[1].

Em momentos assim, o que nos resta a fazer é esperar, com serenidade e consciência, que o senhor tempo faça o seu trabalho.

Saudemos *Kairós*!

(Java - Indonésia, agosto de 2018)

---

1   Menção ao famoso discurso de Steve Jobs na Universidade de Stanford, nos Estados Unidos.

Para refletir*: Como você tem convivido com o tempo *Kairós*? Você confia que os pontos vão se conectar lá na frente ou quer ter "tudo claro todo o tempo" (um inimigo da nossa aprendizagem)?

*Esse espaço é seu! Foi criado para que você possa anotar, desenhar ou expressar suas reflexões, insights e inspirações, da maneira que tiver vontade. Desfrute!

26.
PIT STOP

No dia seguinte, ao completarmos seis meses de viagem, Marcelo e eu resolvemos fazer um *pit stop* — uma parada estratégica para olharmos, com amor e cuidado, o trajeto já percorrido.

E então refletimos juntos sobre "o que apreciamos nessa jornada e queremos manter?" e "o que aprendemos e não queremos mais repetir?".

Para nós, rituais como esse são importantes para honrar a trajetória e abrem espaço para lindas conversas. Conversas importantes e necessárias para seguirmos mais fortalecidos e conscientes do que queremos cultivar.

Por vezes, na vida cotidiana, muitos de nós não dá o devido espaço e atenção para exercícios como esse de apreciação, gratidão e celebração.

E, por isso, decidimos compartilhar esse pedacinho sagrado da nossa intimidade como um convite para pensarem também sobre:

Que espaço estou reservando para o tão necessário *pit stop*?

(Bali - Indonésia, agosto de 2018)

Para refletir*: Você tem feito paradas para revisar a sua caminhada? O que aprecia em sua vida e quer manter? O que aprendeu e não quer mais repetir? Há conversas pendentes em sua vida que precisa ter? Com quem? Quais declarações precisam ser feitas que ainda não foram?

*Esse espaço é seu! Foi criado para que você possa anotar, desenhar ou expressar suas reflexões, insights e inspirações, da maneira que tiver vontade. Desfrute!

27.
NATURALMENTE

Natureza
Natural beleza
Realeza
Grandeza
Brinco com as palavras enquanto admiro extasiada.

E então sou inundada pela certeza de que a natureza é uma das faces de Deus, ou da Deusa (por que não?!).

Uma maneira concreta de contemplarmos o divino, a beleza, a força, a abundância, e que nos conecta também com o sagrado que habita em nós.

Pelo menos é isso que temos experimentado por aqui.

Uma das coisas mais lindas e poderosas que temos vivido nessa viagem é o contato mais profundo e constante com a natureza. Assim, nos sentimos parte integrante e perfeita de tudo isso.

É um encontro sagrado que nos lembra que nossa essência é essa: divina, bela, forte e abundante.

Simples assim!

Tal qual a natureza, que não faz nenhum esforço para ser.

Simplesmente É!

(Nusa Penida - Indonésia, agosto de 2018)

Para refletir*: Quais os julgamentos que você tem sobre a natureza? Como anda sua relação com ela? Há algo que você queira mudar nessa relação? O quê?

*Esse espaço é seu! Foi criado para que você possa anotar, desenhar ou expressar suas reflexões, insights e inspirações, da maneira que tiver vontade. Desfrute!

28.
NO BALANÇO DA VIDA

No balanço da vida a gente se encontra.

Se encontra com a gente mesmo, com nossos medos, nossas dúvidas, com o nosso não saber.

Com nossos desejos e anseios, com nossa fraqueza e, também, com nossa fortaleza.

Com as delícias, as dores, os questionamentos, e tudo o mais que vem balançar nossas estruturas e nossas velhas crenças.

No meio disso, por vezes, me percebo querendo entender, querendo ter tudo claro, mas então, felizmente, me recordo de que esse é um dos meus grandes inimigos de aprendizagem e, com consciência, escolho deixá-lo ir.

E, assim, seguimos no movimento que a vida nos apresenta hoje, rumo ao desconhecido e suas surpresas.

Com uma única certeza:

Está tudo certo, do jeitinho que está!

(Bali - Indonésia, agosto de 2018)

Para refletir*: Há algo na sua maneira de ser que tem sido como um inimigo no seu processo de aprendizagem na vida? O quê? Como você escolhe lidar com isso? (O primeiro passo para deixar esse inimigo de aprendizagem ir é reconhecê-lo.)

*Esse espaço é seu! Foi criado para que você possa anotar, desenhar ou expressar suas reflexões, insights e inspirações, da maneira que tiver vontade. Desfrute!

29.
"MACACOS ME MORDAM"

Na Floresta dos Macacos em Ubud (Bali), uma estátua de dois macacos, sentados um de costas para o outro, separados por um espaço entre eles, me trouxe à cabeça uma cena.

Um lado com um livro na mão, só acredita naquilo que lê, nos dados concretos, no que se pode provar por meio do conhecimento.

O outro, só crê no que vê, naquilo que atesta com seus próprios olhos, com sua experiência.

Assim, seguem separados, sem conexão.

E isso me fez lembrar que o caminho do meio (que tanto ouvimos falar nos países budistas que visitamos), capaz de construir ou reconstruir a ponte da conexão, é a escuta empática, aquela que busca compreender as necessidades das duas partes e que possibilita a cocriação de estratégias que atendam a ambos, gerando mais harmonia e satisfação.

Agradeço ao Santuário Sagrado do Bosque dos Macacos por me trazer (sem saber!) essa linda lembrança, que só reforça a essência da doutrina Tri Hita Karana (corrente filosófica do Hinduísmo em que o conceito de conservação do bosque se baseia), que trata de conseguir uma relação em harmonia com a vida: harmonia entre os seres humanos; entre os seres humanos e o meio ambiente, e entre os humanos e o Deus supremo.

(Bali - Indonésia, agosto de 2018)

Para refletir*: Como anda a sua escuta para o que vem do outro? Quando o outro fala, você verdadeiramente ouve ou começa a falar de si e dar conselhos? Deseja oferecer uma escuta mais empática? O que pode fazer para isso?

*Esse espaço é seu! Foi criado para que você possa anotar, desenhar ou expressar suas reflexões, insights e inspirações, da maneira que tiver vontade. Desfrute!

30.
A ARTE DE ANFITRIAR-SE

Estar em Bali me fez pensar sobre a arte de "anfitriar". Mas não apenas no sentido de acolher ou cuidar dos outros, nossos amigos ou familiares, a quem, em geral, costumamos dar atenção e cuidado. Mas também, e principalmente, anfitriar alguém muito, muito especial... nós mesmos!!!

Aqui há sempre um cheiro de incenso no ar, massagem em cada esquina, aulas de yoga para começar o dia, mirante para apreciar o pôr do sol, e por aí vai.

Então, fiquei pensando sobre quantas vezes, no nosso dia a dia, fazemos algo singelo para cuidar melhor de nós mesmos. Quantas vezes, antes de dormir, nos oferecemos uma xícara de chá quentinho, daquelas que nos dá uma sensação de carinho a cada gole?

Quantas vezes acendemos nossas velas perfumadas, para nos receber no quarto, depois que saímos do banho?

Quantas vezes colocamos uma florzinha para enfeitar nossa mesa de jantar, enquanto comemos sozinhos, depois de um dia exaustivo de trabalho?

Enfim, poderia aqui fazer uma longa lista sobre tantas outras coisas simples que poderíamos ofertar a nós mesmos, mas prefiro convidar você a fazer sua própria lista e encorajá-lo(a) a oferecer de presente para si, a cada dia, um pequeno e singelo item dessa relação, conectado com o maior amor que puder sentir por você mesmo(a).

"Desfrute-se!"

(Bali - Indonésia, agosto de 2018)

Para refletir*: Você considera importante a prática do autocuidado? Tem praticado? Você cuida mais dos outros do que de si? O que pode fazer para "anfitriar" melhor a si mesmo(a)? Será que pode cuidar melhor dos outros depois de cuidar de você?

*Esse espaço é seu! Foi criado para que você possa anotar, desenhar ou expressar suas reflexões, insights e inspirações, da maneira que tiver vontade. Desfrute!

31.
CAIR E LEVANTAR

Quantas vezes você é capaz de cair e levantar?

Essa pergunta me pegou enquanto observávamos o mar e os (muitos!!!) surfistas que pegavam ondas, num dia bastante nublado em Balangan Beach, Bali.

Confesso que nessa viagem passei a nutrir uma grande admiração por eles, que enfrentam com coragem o imenso mar, com suas águas nem tão convidativas assim, ondas bem grandes e fundo de pedra.

Para mim, uma combinação beeem desafiadora.

Para eles, aventura e curtição!

Os vi nadar, romper a arrebentação, esperar...

Os vi tentar uma, duas, algumas vezes...

Os vi dropar, pegar a onda e cair...

Vi muitos caírem.

Podia contar em uma mesma onda quantos deles caíam, um após o outro. E, depois, tentavam de novo.

Podíamos passar horas do dia observando esse movimento de cair e tentar mais uma vez.

E mesmo em condições adversas de chuva e frio, lá estavam os guerreiros, tentando uma, duas... muitas vezes.

Desejo que essa memória permaneça comigo e que me lembre, sempre que eu cair, de que posso (e devo!) levantar e tentar de novo, porque a beleza e o prazer de surfar "a onda" são maiores que qualquer desafio.

Que essa lição possa nos dar força para seguirmos tentando dropar todas as ondas que desejarmos!

(Bali - Indonésia, agosto de 2018)

Para refletir*: Que "ondas" você quer surfar? Tem desistido com facilidade? Como anda a sua resiliência? Você quer aprender tudo muito rápido ou respeita o tempo do processo de aprendizagem?

*Esse espaço é seu! Foi criado para que você possa anotar, desenhar ou expressar suas reflexões, insights e inspirações, da maneira que tiver vontade. Desfrute!

32.
E AGORA???

Ontem foi um dia bem difícil para nós, e, supostamente, deveria ser um dia feliz, porque embora estivéssemos nos despedindo da Indonésia (que, diga-se de passagem, amamos!) estávamos a caminho de um outro destino muito esperado por nós durante a viagem: Nova Zelândia.

Tudo pronto, seguimos para o aeroporto. Depois de cumprirmos pacientemente nossa espera na longa fila, chegamos ao guichê do *check-in*, e eis que recebemos a pergunta bombástica: "vocês têm visto de trânsito para a Austrália?" (nosso voo para Auckland tinha uma parada de 45 minutos em Brisbane). E a partir daquele momento tudo mudou.

Nós não atentamos para essa necessidade e, portanto, nossa resposta era "Não. Não temos o tal do visto".

O desenrolar dessa história nos rendeu uma noite inteira no aeroporto, muito estresse, raiva, cansaço, frustração e, claro, lágrimas.

E então, hoooras depois, de volta à programação normal, no melhor *indonesian style*, fomos para a praia.

Sentíamos necessidade de um santo remédio que nos é provido sempre que estamos em contato com a natureza: relaxamento!

Enquanto estávamos sentados na areia, contemplando o mar e os surfistas (mais uma vez), vimos a representação do movimento da vida, ali, na nossa frente.

Por um tempo a calmaria, e então, de repente, tudo muda. A água se agita, as ondas começam a quebrar uma atrás da outra, e a tentativa pela busca do balanço e do equilíbrio começa.

Alguns "surfistas" conseguem se manter no eixo e curtem o momento, já outros não são tão bem-sucedidos assim e acabam caindo.

Ontem nós caímos e após a queda surgiram os vários julgamentos que povoam minha mente. Agora, olhando para isso tudo desde um outro lugar, começam a surgir as reflexões e os aprendizados.

Por aqui ainda estamos, como se diz na linguagem ontológica, habitando esse quiebre[2], e assim, seguimos aprendendo a surfar mais essa onda.

(Bali - Indonésia, agosto de 2018)

---

2   De acordo com a Ontologia da Linguagem, um quiebre é uma interrupção no fluir transparente da vida.

Para refletir*: Como você lida com seus erros? Consegue oferecer empatia a si mesmo(a) ou é seu maior carrasco? Se permite sentir as emoções e aprender com elas ou simplesmente chega no limite e as manifesta sem consciência? Você escuta suas necessidades e procura atendê-las ou vai descuidando de si para tentar resolver as coisas mais rapidamente e ser "mais efetivo(a)"?

*Esse espaço é seu! Foi criado para que você possa anotar, desenhar ou expressar suas reflexões, insights e inspirações, da maneira que tiver vontade. Desfrute!

33.
RECALCULANDO A ROTA

Depois que tivemos que recalcular a rota, decidimos voltar para Ubud, onde já havíamos estado por sete dias, no começo da nossa temporada em Bali.

Pois bem, depois de caminharmos pelo centro, por lugares já conhecidos, e ainda assim descobrirmos cantinhos novos, resolvemos explorar lugares mais distantes.

Logo que nos afastamos do centro, nos deparamos com muitos espaços vazios cheios de "nada".

Novos espaços para serem descobertos e explorados.

E, percorrendo esse caminho, me dei conta de que o mesmo acontece conosco, quando resolvemos mergulhar um pouco mais fundo em nosso próprio interior. Há muito a ser revelado, e nem sempre esse caminho é fácil.

Nessa viagem, rumo ao interior de Ubud, pegamos chuva, sentimos frio e cansaço, o que me lembra de que explorar nosso interior requer tempo e bastante disposição.

Então, quando finalmente chegamos ao local desejado (nesse caso, os terraços de arroz Jatiluwih), a beleza nos recebeu vasta, singela e preciosa, exatamente como a que está esperando para ser desbravada dentro de cada um de nós.

E então, prontos para empreender essa viagem?

(Bali - Indonésia, setembro de 2018)

Para refletir*: Que julgamentos você tem sobre o autoconheci-mento? Acredita que pode encontrar belezas em seu interior que ainda desconhece? Você tem medo de fazer essa viagem? Tem disposição? Precisa de companhia? Gostaria de ser acompanhado(a) por quem?

*Esse espaço é seu! Foi criado para que você possa anotar, desenhar ou expressar suas reflexões, insights e inspirações, da maneira que tiver vontade. Desfrute!

34.
CRIE SEU LUGAR NO MUNDO!

E então pegamos o grande *ferry* para cruzar da ilha norte da Nova Zelândia para a ilha sul, num percurso que dura cerca de três horas e meia, rodeado de beleza por todos os lados.

São quilômetros e quilômetros de montanhas, uma imensidão de águas esverdeadas, casinhas no meio do nada, pássaros voando pra lá e pra cá, e nós contemplando a obra do criador.

No meio de tudo isso, enquanto desbravava também a obra de suas criaturas (o imponente *Interinslander* — o gigantesco *ferry* que faz a travessia entre as ilhas), descobri um cantinho delicioso com uma visão *widescreen* (segundo Marcelo), de onde era possível apreciar melhor e de uma maneira mais confortável (sem a ventania gelada que fazia lá fora) toda essa belezura da natureza.

Mas, quando felizmente conseguimos um lugarzinho nesse pedaço desejado por muitos, só havia espaço para um de nós. O que fazer?

Olhei o entorno com atenção, percebi que havia um recuo (perto das cadeiras fixas) onde eu poderia colocar uma das cadeiras do restaurante, sem atrapalhar ninguém.

E então, não pensei duas vezes e fiz esse movimento simples que nos permitiu ficarmos juntos, lado a lado, admirando a paisagem. Um presente!

Tão logo sentei nesse lugar criado por mim e para mim, me lembrei de uma conversa que tivemos com um amigo, ainda no Brasil, que compartilhou comigo e com Marcelo um ensinamento de seu pai, que dizia: "se não há um lugar para você no mundo, crie você mesmo!".

Genial!!!

Adorei me lembrar dessa poderosa lição de vida e desejo que ela siga comigo me inspirando a criar o meu caminho, o meu lugar e o mundo que sonho para mim e para todos nós!

E aqui deixo a frase do pai do João, como um presente:

"Se não há um lugar para você no mundo, CRIE você mesmo!".

(Na travessia entre as ilhas norte e sul –
Nova Zelândia, setembro de 2018)

Para refletir*: Que caminho você quer para si? Ele já existe? Que movimentos você tem feito para criar seu lugar no mundo? Há algo mais que possa fazer? Você conhece seus talentos? Está fazendo uso deles?

*Esse espaço é seu! Foi criado para que você possa anotar, desenhar ou expressar suas reflexões, insights e inspirações, da maneira que tiver vontade. Desfrute!

35.
SOBRE VÉUS QUE ME DESCOBREM

Estar imersa num universo de mulheres cobertas me trouxe novas questões.

Durante nossa estada em Kuala Lumpur, na Malásia, vimos muitas e muitas mulheres, com seus véus islâmicos dos mais variados tipos, pra lá e pra cá. O que não poderia ser diferente, já que a maioria da população do país é mulçumana.

Essa cena, que pode ser desconcertante para os padrões ocidentais, se tornou comum para nós, enquanto viajávamos por alguns países asiáticos. Porém, dessa vez, nasceu em mim algo novo. Uma inquietação que não havia despertado até então.

Nesse momento, não me senti movida pelo feminismo e nem mesmo por questões religiosas, mas apenas me peguei refletindo (profundamente!) sobre quantas vezes em nossas vidas seguimos regras e padrões estabelecidos, sem questionar, e simplesmente vamos vivendo certas determinações como verdade indiscutível e sem uma rede de conversação que torne possível a construção de uma nova cultura.

Sabendo que muitas vezes nem percebemos que não percebemos, me senti chamada a trazer esse tema para que possamos refletir a respeito e assim ampliar nossa consciência sobre nós mesmos e nossas escolhas.

Por muitos anos levei a vida sem me fazer muitas perguntas. Simplesmente ia seguindo e fazendo o que a vida me apresentava e que, aparentemente, era o que eu deveria fazer, porque era isso que "todo mundo fazia".

Agora, escolho que não quero mais me colocar nesse lugar, quero refletir mais, questionar mais e fazer escolhas que sirvam melhor à minha vida e àquilo que eu desejo para mim.

E assim, parto daqui com uma inquietação ressoando em mim:

"O que é aquilo que ando vivendo sem me perguntar se serve a minha vida, se limita minha felicidade ou minha forma de ser e estar no mundo?".

Deixo essa com você também.

(Kuala Lumpur - Malásia, abril de 2019)

Para refletir*: Você tem seguido regras e padrões sem questionar? Se sim, quais? Eles estão alinhados com seus valores? Quais são os seus valores? Esses padrões estão a serviço do que deseja para si? Você escolhe continuar seguindo essas regras e padrões ou quer mudar algo?

*Esse espaço é seu! Foi criado para que você possa anotar, desenhar ou expressar suas reflexões, insights e inspirações, da maneira que tiver vontade. Desfrute!

PARTE III

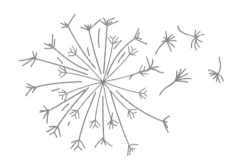

TRAÇANDO A ROTA PARA O FUTURO

Ponto A

A praticamente três anos, quando passei a fazer parte da Rede Ubuntu[3], vivi um processo de reflexão sobre o meu propósito de vida, e naquele momento, depois de fazer um primeiro mergulho profundo em mim e de reconhecer e me reconectar com meus talentos e valores, elaborei pela primeira vez minha "frase de propósito", que dizia assim:

"Ser uma eterna desbravadora de mim e instrumento para despertar e alimentar o desbravador do EU que habita em cada um de nós."

Naquele momento, essa frase me soava bastante inspiradora, mas não sabia muito bem o que fazer com ela, como colocar isso em ação no mundo.

E hoje, meio que sem querer, enquanto olhava a vida passando do lado de fora do ônibus que nos levava de Udaipur para Mount Abu (na Índia), essa lembrança me veio à mente, e meu ser se encheu de alegria ao constatar que estou no caminho.

---

3   Rede colaborativa de livre interação de pessoas e organizações dedicadas ao desenvolvimento do EUpreendedorismo pelo mundo.

É lindo reconhecer na prática que o caminho se faz ao caminhar. Que possamos celebrar cada passo de nossa caminhada pela vida!

"Ubuntu: Eu sou porque você é! Você é porque nós somos!"

(Rajastão - Índia, janeiro de 2019)

UMA PARADA RÁPIDA

Em um de nossos passeios por Chiang Mai, no norte da Tailândia, descobrimos um lugarzinho delicioso onde alguns artesãos locais expõem seus trabalhos. E lá havia uma pequena e charmosa livraria que me encantou.

Sempre tive um grande interesse por elas, mas não percebia que isso era uma pista para algo que sempre esteve vivo dentro de mim.

E então, nesse dia, sentada nessa singela livraria, vi um adesivo gasto colado na parede que dizia assim:

"Read your life and write your book"
(Leia sua vida e escreva seu livro)

Aquilo era pra mim! Um sinal.

Tirei uma foto, postei no Instagram, e aquilo seguiu comigo até aqui.

Hoje, mais de um ano depois, quando compreendo que é exatamente sobre isso que esse livro se trata, me emociono!

Os pontos seguem se conectando.

(Koh Samui - Tailândia, maio de 2019)

Ponto B

Sinto que a vida é um tempo limitado, dentro de um tempo maior na nossa evolução espiritual. E, nesse tempo chamado vida, temos a chance de aprender, de despertar, de desfrutar, de amar, de perdoar, de sentir, de descobrir (...) e, pra mim, esse é o barato dessa jornada.

Sendo assim, sinto que esse movimento de mudança[4] nos traz uma grande oportunidade de potencializar e enriquecer essa experiência que nomeamos "Vida".

Aqui, aprendemos a manifestar o amor de outra forma, a distância. Aprendemos a escutar mais nossas emoções, porque elas praticamente se materializam cm nós. É o medo, a tristeza, a saudade, a alegria, o assombro, a coragem... tudo isso pulsando e se alternando numa dança interior.

Aqui vamos aprendendo a criar uma nova comunidade, que constitui a família universal da qual todos nós fazemos parte, ao mesmo tempo em que queremos seguir nutrindo a parte dessa família que ficou em outro espaço (físico).

---

4   Quando compilei os textos para compor esse livro, havíamos acabado de mudar de São Paulo (Brasil) para Koh Samui, uma ilha no Golfo da Tailândia, para viver mais uma nova e empolgante aventura.

Os aprendizados são grandes! Basta que estejamos verdadeiramente presentes na experiência.

Respiro profundo!

(Ummmm... ahhhhhh)

Nesse novo compasso de inspirar e expirar, mais lento e profundo, vou me encontrando, me (re)encontrando e equalizando o ritmo interno com o ritmo externo.

Vou integrando em mim o canto dos pássaros, o barulho e a força do vento, o vaivém das marés, a energia do Sol, o acolhimento da chuva, a dádiva do amanhecer, o descanso do anoitecer... o Ser.

E assim sendo, sigo numa experiência de celebração da potência da vida e de suas infinitas possibilidades.

Hoje é isso, amanhã (enquanto houver vida, nesse espaço de tempo da existência) posso fazer novas escolhas, e esse é o pulso, o dom divino que todos temos de escolher como queremos desfrutar dessa experiência na Terra.

Eu escolho a aventura, a surpresa, o descobrimento, a bagunça do novo que move, que gera, que cria, que impulsiona novos movimentos e outras ondas de expansão de tudo aquilo que sou hoje (que somos), para que possa ser ainda maior, amanhã.

Viva, vívida, lúcida.

(Koh Samui - Tailândia, maio de 2019)

SEGUINDO VIAGEM

Vou, vou navegar
E minha alma pelo mundo, eu vou levar
Vou descobrir, o que não se vê daqui
Descobrir, o que não se pode ver
E só sentir
O vento que sopra o cabelo da menina
O tempo que bate no peito e me fascina
A graça do novo, do todo e o movimento
Que mexe com o pensamento e me leva a voar
Voando eu vou, pra outro lugar
Onde me encontro em tudo o que há
E nessa levada, eu sigo a sonhar
Desfrutando do caminho, aprendendo com a estrada e o caminhar

(Em algum lugar da estrada -
Nova Zelândia, outubro de 2018)

CHECAGEM FINAL

Vivi esse livro da maneira sugerida?

....

....

....

....

Me dediquei a refletir adequadamente sobre as questões, com tempo e presença?

....

....

....

....

Como estou me sentindo agora?

....

....

Descobri algo de mim que até então não sabia? O quê?

O que resgatei em mim que agora escolho cuidar melhor em minha vida?

O que mexeu mais comigo?

O que quero realizar a partir do que acessei em mim?

Tem algo que quero mudar em minha vida? O que é?

Que passos escolho dar agora?

Preciso de um apoio profissional nesse momento?

E o que mais?

VISUALIZAÇÃO E DECLARAÇÃO

Agora que você concluiu a etapa anterior, procure se conectar com tudo o que emergiu até aqui, tudo o que você acessou dentro de si.

Reserve um tempo de qualidade para fazer esse exercício.

Coloque uma música que você goste, de preferência instrumental.

Se for possível, peça que alguém leia as perguntas para você, ou então faça uma primeira leitura, e depois feche os olhos e permita que essas perguntas te guiem.

Comece a prestar atenção na sua respiração e então deixe-se levar para o futuro.

Veja sua vida e a si mesmo(a) cinco anos a frente do momento presente.

Onde você está? Observe os detalhes desse lugar. Que cor ele tem? Tem cheiro? Que sensação ele lhe traz?

O que você está fazendo nesse lugar? Como você se sente fazendo isso?

Quem está lá com você? Você gosta dessas pessoas?

Você mudou algo na sua vida? O quê? Como você se sente com essas mudanças?

Entre em contato com isso e veja a si mesmo(a) realizando tudo o que deseja.

Permaneça nesse lugar o tempo que for necessário e, quando estiver bem conectado(a) com essa visão, abra os olhos e declare em voz alta o que é aquilo que você quer realizar para que sua vida seja ainda melhor.

Deixe essa declaração ressoar em você e perceba seu corpo e suas emoções nesse momento.

Agora, registre na página seguinte, com o maior número de detalhes que conseguir lembrar, a cena do seu futuro que você acabou de visualizar e a sua declaração.

Viajar para dentro de si e coletar os tesouros esquecidos por lá é uma das viagens que mais vale a pena viver.

Como diria José Saramago em *Viagem a Portugal*:

"A viagem não acaba nunca. Só os viajantes acabam. E mesmo estes podem prolongar-se em memória, em lembrança, em narrativa. Quando o viajante se sentou na areia da praia e disse: Não há mais que ver, sabia que não era assim. O fim duma viagem é apenas o começo doutra. É preciso ver o que não foi visto, ver outra vez o que se viu já, ver na Primavera o que se vira no Verão, ver de dia o que se viu de noite, com sol onde primeiramente a chuva caía, ver a seara verde, o fruto maduro, a pedra que mudou de lugar, a sombra que aqui não estava. É preciso voltar aos passos que foram dados, para os repetir, e para traçar caminhos novos ao lado deles. É preciso recomeçar a viagem. Sempre. O viajante volta já".

A TÃO NECESSÁRIA GRATIDÃO

Declarar nossa gratidão por algo ou por alguém é um poderoso ato do humano. Um ato da fala que tem o poder de curar, de reconhecer, de conectar.

E agora, no fim dessa viagem (que é apenas o começo doutra — como diria sabiamente Saramago), não poderia deixar de registrar a minha mais profunda gratidão a tantos fatos e pessoas que contribuíram para que eu chegasse até aqui e conseguisse sintetizar a linda e profunda jornada interior, que venho vivendo mais intensamente nos últimos quatro anos, nessa obra.

Gratidão à minha alma, que me fez um chamado para mudar a rota da vida que levava e me convidou a me reaproximar de minha essência. E a tudo que aconteceu em minha vida depois que disse SIM a esse chamado.

Agradeço à Fabiana Maia, que me acompanhou em momentos críticos desse processo. À Eduardo Seidenthal e todos os membros da

Rede Ubuntu de EUpreendorismo, que me inspiraram nesse caminho de (re)conexão com meu propósito.

Agradeço ao Projeto Cooperação e a meus queridos amigos de Unibulição, pelo presente de tê-los em minha jornada e pela linda oportunidade de repensar meus valores e resgatar a beleza de ser quem se é, acompanhada dessa comum-unidade que me constitui.

Agradeço à Newfield Network e à minha Tribo, que foram fundamentais no processo de resgate dos meus sonhos e me ensinaram a incluir meu corpo, minhas emoções, minha intuição e minha alma como domínios de aprendizagem.

Agradeço à Ana Holanda por me dar espaço para compartilhar minha história (pela primeira vez) na revista *Vida Simples*, que me fez acreditar na minha capacidade de tornar esse livro realidade e que aceitou tão generosamente o convite para escrever o prefácio desse livro. Um verdadeiro presente!

Agradeço à minha querida amiga Daniela Cordeiro, que colocou o seu talento e o seu amor a serviço da criação da arte *Alma Pelo Mundo*, que nos acompanhou e nos inspirou durante toda a viagem.

Agradeço a todas as pessoas que conheci nessa viagem pelo mundo e tudo o que vivemos juntas, que foram alimento para as histórias e reflexões que compõem essas páginas.

Agradeço a todos aqueles que acompanharam a jornada "Alma Pelo Mundo", que nos enviaram muito carinho e me incentivaram a escrever esse livro.

Agradeço ao queridíssimo Fernando França por, tão generosamente, ter me ajudado a dar vida a essa obra, enfeitando essas páginas com sua arte e transformando minhas palavras em um verdadeiro livro. Valeu demais parceiro!!! Que venham os próximos!

Agradeço à Adriana Moreira pela abertura e disponibilidade de embarcar nesse projeto através da economia colaborativa. Isso me faz acreditar em novos caminhos!

Agradeço à minha querida amiga Patrícia Gorgulho Rezende por me acompanhar nessa e em tantas outras aventuras, sempre muito generosa, cuidadosa e incansavelmente disponível! Que alegria ter você na minha vida!

Agradeço à minha fiel escudeira Cris Vilar por constantemente me incentivar a realizar meus projetos e por colocar a mão na massa junto comigo, sempre com leveza e um belo sorriso no rosto. Você me inspira!

Agradeço a todos que gentilmente leram esse livro, quando ainda estava em construção, e contribuíram com seus olhares para que ele chegasse a esta versão. Muito bom poder contar com vocês!

E, é claro, agradeço imensamente à nossa família e amigos, que foram, e são, a rede de apoio fundamental para que nossa viagem tenha sido exatamente como foi: emocionante e inesquecível. Amo vocês!

SOBRE A AUTORA

Luana Fonseca tem suas raízes no Brasil, uma paraense nascida em Belém. Mas sua alma é do mundo. Ela ama viajar, conhecer pessoas, novos lugares e outras culturas.

Luana é uma *travelwith* – acompanha pessoas em suas jornadas interiores, oferecendo escuta profissional, perguntas-guia, empatia e acolhimento.

A jornada que propõe envolve a linguagem, o corpo e as emoções, e é resultado de diversos caminhos que trilhou: Coaching Ontológico, Pedagogia da Cooperação, Comunicação Não-Violenta e Yoga.

Ela traz também na bagagem um percurso de 14 anos no mundo corporativo, quando teve a oportunidade de atuar na área de Treinamento e descobrir sua paixão por Desenvolvimento Humano.

Todos os processos e aprendizados que viveu a transformaram profundamente.

Em suas palavras, seu propósito é:

"Ser uma eterna desbravadora de mim e instrumento para despertar e alimentar o desbravador do EU que habita cada um de nós, contribuindo assim para o bem maior."

COPYRIGHT © 2021 LUANA FONSECA

REVISÃO
Adriana Moreira

PROJETO GRÁFICO, CAPA, ILUSTRAÇÕES E DESIGN
Fernando França

Santos, Luana Costa da Fonseca, 1983
      Pode Ser Melhor / Luana Fonseca – Rio de Janeiro: Bambual Editora, 2021.
      200 p.
      Ilu.

      ISBN 978-65-89138-10-5

      1.Cultura. 2.Relações humanas. 3.Comunidade. I.Fonseca, Luana. II. Título.
                                    CDD 306
                                          158.2
                                            307

www.bambualeditora.com.br
conexão@bambualeditora.com.br